中国近现代稀见史料丛刊【第七辑】

张剑 徐雁平 彭国忠 主编

豫敬日记 洗俗斋诗草

豫敬 著 果勒敏 著

李芳 整理

本辑执行主编 张剑

凤凰出版社

图书在版编目（CIP）数据

豫敬日记 / 豫敬著 ; 李芳整理. 洗俗斋诗草 / 果勒敏著 ; 李芳整理. -- 南京 : 凤凰出版社, 2020.9
（中国近现代稀见史料丛刊. 第七辑）
ISBN 978-7-5506-3233-2

Ⅰ. ①豫… ②洗… Ⅱ. ①豫… ②果… ③李… Ⅲ. ①日记－作品集－中国－近代②古典诗歌－诗集－中国－近代 Ⅳ. ①I265②I222.75

中国版本图书馆CIP数据核字(2020)第150036号

书　　名	豫敬日记　洗俗斋诗草
著　　者	豫　敬　果勒敏 著　李　芳 整理
责任编辑	张永堃
装帧设计	姜　嵩
出版发行	凤凰出版社(原江苏古籍出版社) 发行部电话025-83223462
出版社地址	江苏省南京市中央路165号,邮编:210009
出版社网址	http://www.fhcbs.com
照　　排	南京凯建文化发展有限公司
印　　刷	苏州市越洋印刷有限公司 江苏省苏州市吴中区南官渡路20号,邮编:215104
开　　本	880毫米×1230毫米　1/32
印　　张	7.75
字　　数	201千字
版　　次	2020年9月第1版
印　　次	2020年9月第1次印刷
标准书号	ISBN 978-7-5506-3233-2
定　　价	72.00元

(本书凡印装错误可向承印厂调换,电话:0512-68180788)

『十三五』国家重点图书出版规划项目
『中国近代日记文献叙录、整理与研究』
（项目编号：18ZDA259）阶段性研究成果

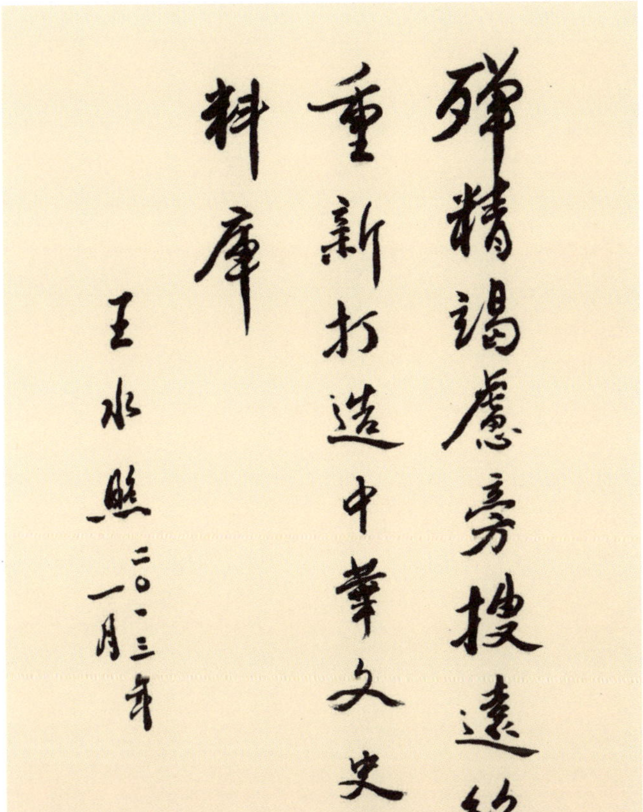

王水照先生题辞

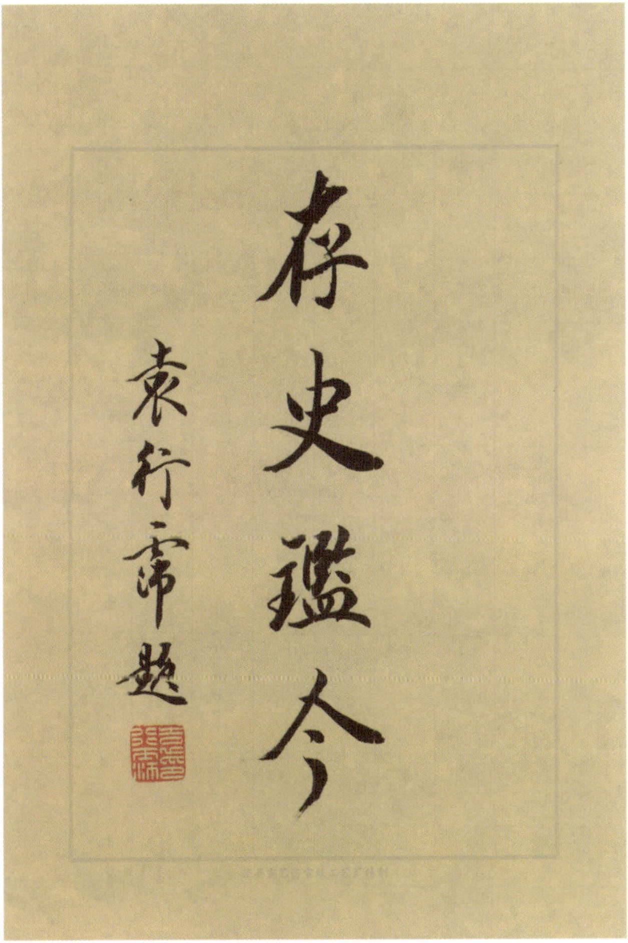

袁行霈先生题辞

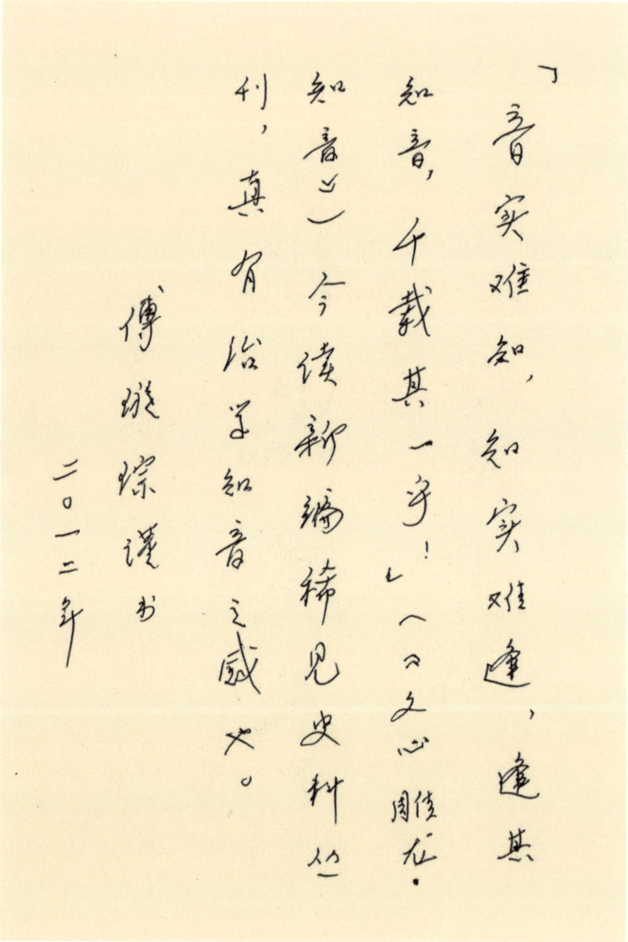

「音实难知，知实难逢，逢其知音，千载其一乎！」（《文心雕龙·知音》）今读新编稀见史料丛刊，真有治学知音之感矣。

傅璇琮谨书

二〇一二年

傅璇琮先生题辞

《中国近现代稀见史料丛刊》总序

在世界所有的文明中，中华文明也许可说是“唯一从古代存留至今的文明”（罗素《中国问题》）。她绵延不绝、永葆生机的秘诀何在？袁行霈先生做过很好的总结：“和平、和谐、包容、开明、革新、开放，就是回顾中华文明史所得到的主要启示。凡是大体上处于这种状况的时候，文明就繁荣发展，而当与之背离的时候，文明就会减慢发展的速度甚至停滞不前。”（《中华文明的历史启示》，《北京大学学报》2007 年第 1 期）

但我们也要清醒看到，数千年的中华文明带给我们的并不全是积极遗产，其长时段积累而成的生活方式与价值观具有强大的稳定性，使她在应对挑战时所做的必要革新与转变，相比他者往往显得迟缓和沉重。即使是面对佛教这种柔性的文化进入，也是历经数百年之久才使之彻底完成中国化，成为中华文明的一部分；更不用说遭逢“数千年来未有之变局”、“数十年未有之强敌”（李鸿章《筹议海防折》），“数千年未有之巨劫奇变”（陈寅恪《王观堂先生挽词序》）的中国近现代。晚清至今虽历一百六十余年，但是，足以应对当今世界全方位挑战的新型中华文明还没能最终形成，变动和融合仍在进行。1998 年 6 月 17 日，美国三位前总统（布什、卡特、福特）和二十四位前国务卿、前财政部长、前国防部长、前国家安全顾问致信国会称：“中国注定要在 21 世纪中成为一个伟大的经济和政治强国。”（徐中约著《中国近代史》上册第六版英文版序，香港中文大学 2002 年版）即便如此，我们也不能盲目乐观，认为中华文明已经转型成功，相反，中华文明今天面对的挑战更为复杂和严峻。新型的中华文明到底会怎样呈现,又怎样具体表现或作用于政治、经济、文化等层面,人们还在不断探索。这个问题,我们这一代恐怕无法给出答案。但我们坚信,在历史上曾经灿烂辉煌的中华文明必将凤凰浴火,涅槃重生。这既是数千年已经存在的中华文明发展史告诉我们的经验事实,也是所有为中国文化所化之人应有的信念和责任。

不过,对于近现代这一涉及当代中国合法性的重要历史阶段,我们了解得还过于粗线条。她所遗存下来的史料范围广阔,内容复杂,且有数量庞大且富有价值的稀见史料未被发掘和利用,这不仅会影响到我们对这段历史的全面了解和规律性认识,也会影响到今天中国新型文明和现代化建设对它的科学借鉴。有一则印度谚语如是说:"骑在树枝上锯树枝的时候,千万不要锯自己骑着的那一根。"那么,就让我们用自己的专业知识与能力,为承载和养育我们的中华文明做一点有益的事情——这是我们编纂这套《中国近现代稀见史料丛刊》的初衷。

书名中的"近现代",主要指 1840—1949 年这一时段,但上限并非以一标志性的事件一刀切割,可以适当向前延展,然与所指较为宽泛的包含整个清朝的"近代中国"、"晚期中华帝国"又有所区分。将近现代连为一体,并有意淡化起始的界限,是想表达一种历史的整体观。我们观看社会发展变革的波澜,当然要回看波澜如何生,风从何处来;也要看波澜如何扩散,或为涟漪,或为浪涛。个人的生活记录,与大历史相比,更多地显现出生活的连续。变局中的个体,经历的可能是渐变。《丛刊》期望通过整合多种稀见史料,以个体陈述的方式,从生活、文化、风习、人情等多个层面,重现具有连续性的近现代中国社会。

书名中的"稀见",只是相对而言。因为随着时代与科技的进步,越来越多的珍本秘籍经影印或数字化方式处理后,真身虽仍"稀见",化身却成为"可见"。但是,高昂的定价、难辨的字迹、未经标点的文本,仍使其处于专业研究的小众阅读状态。况且尚有大量未被影印或数字化的文献，或流传较少，或未被整合，也造成阅读和利用的不便。因此，《丛刊》侧重选择未被纳入电子数据库的文献，尤欢迎整理那些辨识困难、断句费力、裒合不易或是其他具有难度和挑战性的文献，也欢迎整理那些确有价值但被人们习见思维与眼光所遮蔽的文献，在我们看来，这些文献都可属于“稀见”。

书名中的“史料”，不局限于严格意义上的历史学范畴，举凡日记、书信、奏牍、笔记、诗文集、诗话、词话乃至序跋汇编等，只要是某方面能够反映时代政治、经济、文化特色以及人物生平、思想、性情的文献，都在考虑之列。我们的目的，是想以切实的工作，促进处于秘藏、边缘、零散等状态的史料转化为新型的文献，通过一辑、二辑、三辑……这样的累积性整理，自然地呈现出一种规模与气象，与其他已经整理出版的文献相互关联，形成一个丰茂的文献群，从而揭示在宏大的中国近现代叙事背后，还有很多未被打量过的局部、日常与细节；在主流周边或更远处，还有富于变化的细小溪流；甚至在主流中，还有漩涡，在边缘，还有静止之水。近现代中国是大变革、大痛苦的时代，身处变局中的个体接物处事的伸屈、所思所想的起落，藉纸墨得以留存，这是一个时代的个人记录。此中有文学、文化、生活；也时有动乱、战争、革命。我们整理史料，是提供一种俯首细看的方式，或者一种贴近近现代社会和文化的文本。当然，对这些个人印记明显的史料，也要客观地看待其价值，需要与其他史料联系和比照阅读，减少因个人视角、立场或叙述体裁带来的偏差。

知识皆有其价值和魅力，知识分子也应具有价值关怀和理想追求。清人舒位诗云“名士十年无赖贼”（《金谷园故址》），我们警惕袖手空谈，傲慢指点江山；鲁迅先生诗云“我以我血荐轩辕”（《自题小像》），我们愿意埋头苦干，逐步趋近理想。我们没有奢望这套《丛刊》产生宏大的效果，只是盼望所做的一切，能融合于前贤时彦所做的贡献之中，共同为中华文明的成功转型，适当“缩短和减轻分娩的痛苦”（马克思《资本论》第一卷第一版序言）。

《丛刊》的编纂，得到了诸多前辈、时贤和出版社的大力扶植。袁行霈先生、傅璇琮先生、王水照先生题辞勖勉，周勋初先生来信鼓励，凤凰出版社姜小青总编辑赋予信任，刘跃进先生还慷慨同意将其列入“中华文学史史料学会”重大规划项目，学界其他友好也多有不同形式的帮助……这些，都增添了我们做好这套《丛刊》的信心。必须一提的是，《丛刊》原拟主编四人（张剑、张晖、徐雁平、彭国忠），每位主编负责一辑，周而复始，滚动发展，原计划由张晖负责第四辑，但他尚未正式投入工作即于 2013 年 3 月 15 日赍志而殁，令人抱恨终天，我们将以兢兢业业的工作表达对他的怀念。

《丛刊》的基本整理方式为简体横排和标点（鼓励必要的校释），以期更广泛地传播知识、更好地服务社会。希望我们的工作，得到更多朋友的理解和支持。

2013 年 4 月 15 日

目　录

《洗俗斋诗草》的作者洗俗斋，本名果勒敏，汉文亦作果尔敏[1]，字性臣，号杏岑，又号铁梅。蒙古族，博尔济吉特氏，生于道光十四年(1834)，卒于光绪廿六年(1900)。果勒敏生母为贝勒奕纶之女，其父为额勒浑，世袭散佚大臣。根据其诗作，并参酌史料、笔记记载考述其生平，至迟在咸丰八年(1858)，果勒敏二十四岁时，他已于禁中任职侍卫。同治八年(1869)八月，以正红旗满洲副都统任正蓝旗汉军副都统。同治八年(1869)，果勒敏三十五岁，调补广州汉军副都统，并在广州任职达八年之久。光绪二年(1876)十月，升授杭州将军。光绪四年(1878)六月，奉旨召回内用。回京后，曾任马兰峪总兵一职。自杭回京为其仕途之转折点，无甚作为，抑郁而终，终年六十六岁。

《诗草》全四卷，未见著录，似亦未曾付梓。所幸作者生前尝将诗作亲订成集，手书数本分赠子女。一九七七年，果勒敏外孙费致濬以家传稿本付香港大华出版社影印出版，诗集名《洗俗斋诗草》，卷首有牟润孙、饶宗颐二先生序。《诗草》为果勒敏晚年亲自选定，依时间为序编排。起自果勒敏在京任职侍卫，终于其再次在京任职之时；收录约自咸丰初年至光绪二十年间作品。在京任职时期，果勒敏为京城“日下联吟社”一员，诗社社友皆为宗室或者八旗高宦之后。此间所作诗歌，多为与朋辈应酬、唱和之作，内容不出景物、节令、题画等题材范围。在粤地所作诗歌，较之在京之作，风格有所改变，原因有二。其一，果勒敏出任广州汉军副都统的同、光年间，国势衰颓，内忧外患，外交内政均处困境。故他此时多有怀古、咏史之作，借以抒发自己的深切忧虑。其二，果勒敏自幼生长在京师，从未南下。初至粤地，岭南与北京迥异的风土人情，让他对所见所闻都充满了新鲜感和好奇心，并形诸于诗。此类诗作，以八十九首《广州土俗竹枝词》为代表。自杭州卸任回京之后，穷极无聊，寄情戏曲、俗曲，观赏之余，兼

① 《洗俗斋诗草》稿本署果尔敏，《清实录》、《驻粤八旗志》均作果勒敏。

及创作、授徒。《道咸以来朝野杂记》载谓其“日游戏园。颇通词曲，无聊时，所编牌子曲、岔曲甚多”。所作子弟书有《牧羊圈》和《弦杖图》存世。

本书的整理，以《历代日记丛抄》收录的《豫敬日记》稿本影印本和香港大华出版社出版的《洗俗斋诗草》抄本影印本为底本。

本书的整理得益于各位师友的教导和帮助：张剑老师引领我走进旗人日记的广阔世界，悉心为我解答疑难困惑；中山大学关瑾华博士十多年前从香港大学图书馆访查、复印了《洗俗斋诗草》，一直督促我完成此书的校点；硕士生周琪瑛同学独立承担了《豫敬日记》的人名索引工作，订正了我在录入时的一些错漏；本书责编张永堃老师细致认真地指正了不少错误，在此一并致以谢忱。

李　芳

2019 年 7 月于北京

豫敬日记

宣统元年（1909）

正月

元旦壬午（1 月 22 日） 天朗气清，进署。

初二日癸未（1 月 23 日） 进署，那中堂①补授军机大臣。邹紫翁②补授右侍郎。

初三日甲申（1 月 24 日） 进署，住班。

初四日乙酉（1 月 25 日） 进内。

初五日丙戌（1 月 26 日） 到麻花胡同□□把。

初六日丁亥（1 月 27 日） 进署。

初七日戊子（1 月 28 日） 进署。

初八日己丑（1 月 29 日） 小火神庙。晚聚宝堂。

初九日庚寅（1 月 30 日） 进署。

初十日辛卯（1 月 31 日） 上火神庙。

十一日壬辰（2 月 1 日） 进署。

十二日癸巳（2 月 2 日） 进署。

十三日甲午（2 月 3 日） 进署。

十四日乙未（2 月 4 日） 未出门。

十五日丙申（2 月 5 日） 进署。同福馆晚饭。风，冷。

十六日丁酉（2 月 6 日） 进署。

---

① 那桐（1856—1925），叶赫那拉氏，1909 年谕为军机大臣。

② 邹嘉来（1853—1921），字孟方，号紫东，1909 年迁外务部右侍郎。

二十五日甲戌(3月16日) 未刻,世中堂[①]到任。冷,结冰三寸。

二十六日乙亥(3月17日) 进署。送庆邸寿礼,尺头、如意、洋点心八匣、洋樱桃四瓶、薄荷蜜酒四瓶、苇嘴纸烟廿盒,共两大盒,门敬六金,全收。

二十七日丙子(3月18日) 二伯母周年,在圆广寺[②]诵经,送库。下午下雪,夜益大,约尺许。

二十八日丁丑(3月19日) 进署。鸿臣约醉琼林晚饭。道途泥泞难行。

二十九日戊寅(3月20日) 进署。冷。

三十日己卯(3月21日) 礼拜。冷。

闰二月

初一日庚辰(3月22日) 进署。冷。

初二日辛巳(3月23日) 进署。冷,大风。到板桥。

初三日壬午(3月24日) 进署。大风,冷,结冰寸许。公祭。

初四日癸未(3月25日) 住班。风。

初五日甲寅[③](3月26日) 进内。

初六日乙卯(3月27日) 巳刻,英使朱迩典[④]、日本伊集院彦吉[⑤]在乾清宫觐见,递续任国书。旭弟得一等,喜甚。

初七日丙辰(3月28日) 进署。原定今日午后过堂,因邸堂微

---

① 世续(1853—1921),索勒豁金氏,满洲正黄旗。官至军机大臣、文华殿大学士。

② 圆广寺位于阜城门外大街南侧,创建于明朝隆庆五年(1517)。

③ 此处应为"甲申",致下文至三月初七日干支纪日全错。

④ John Newell Jordan(1852—1925),1906年9月至1910年3月任驻清国公使。

⑤ 伊集院彦吉(1864—1924),1908年6月起,任清国公使六年。

恙，未进署，改于初九日。

初八日丁巳(3月29日) 进署。

初九日戊午(3月30日) 进署。因是日有会晤，过堂改初十日。

初十日己未(3月31日) 进署。比馆请午饭，过堂又改十二日。今天狂风昏暗，下黄沙。

十一日庚申(4月1日) 巳刻，到文华殿谒见摄政王，各部官员何止千官，洵称盛举也。

十二日辛酉(4月2日) 进署。申初，京察过堂，当即启封，余幸列一等，恒子有、饶简香、吴剑秋皆一等。保久山、文传亭均备一，少渠、鸿臣、漠南、子嘉均上二。散署，到那相送库，诣邸第谢堂。

十三日壬戌(4月3日) 进署。

十四日癸亥(4月4日) 礼拜。

十五日甲子(4月5日) 清明上坟，狂风。

十六日乙丑(4月6日) 进署。

十七日丙寅(4月7日) 进署。

十八日丁卯(4月8日) 进署。那相处送库。

十九日戊辰(4月9日) 进署。

二十日己巳(4月10日) 进内，那相太夫人出殡，执事鲜明，纸活数百件，亲友数百人，沿路祭棚七座，停灵东岳庙。自有大清国以来，此殡可称第一，无所不备也。

二十一日庚午(4月11日) 进署。

二十二日辛未(4月12日) 进署。

二十三日壬申(4月13日) 义使文吉、俄使廓索唯慈在乾清宫递国书，义使复在养心殿递宝星。

二十四日癸酉(4月14日) 进署。

二十五日甲戌(4月15日) 进署。

二十六日乙亥(4月16日) 进署。

十六日乙丑(5月5日) 日本贞爱亲王请午餐,与昨天大致相同,但人数较少耳。

十七日丙寅(5月6日) 午初,到车站送日本贞爱亲王起身赴津。余本拟同往,因司中事繁,未果。

十八日丁卯(5月7日) 巳正,俄专使巴里清觐见。进皇上玩物百余件,摄政王宝星、金瓶、铝酒罐。

十九日戊辰(5月8日) 进署。

二十日己巳(5月9日) 进署。

二十一日庚午(5月10日) 进署。到柏林寺,阶平安葬,唪经。

二十二日辛未(5月11日) 进署。

二十三日壬申(5月12日) 进署。

二十四日癸酉(5月13日) 进署。

二十五日甲戌(5月14日) 本拟上阶平坟地,送其营葬,而天明即大雨不止,是未果往。

二十六日乙亥(5月15日) 进署。法提入谒摄政王。

二十七日丙子(5月16日) 礼拜。

二十八日丁丑(5月17日) 进署。

二十九日戊寅(5月18日) 进署。

四月

初一日己卯(5月19日) 进署。

初二日庚辰(5月20日) 进内。辰正,引见。巳正,带日专使觐见。

初三日辛巳(5月21日) 进署。

初四日壬午(5月22日) 进署。

初五日癸未(5月23日) 礼拜,未出门。本日京察圈单余圈。此次外部四人,唯子有未圈。度支部二十二人,圈十三。二弟未圈,秋岩、润甫均未圈。各部共圈一百十人。十六、七复带,尚须再去二、三十人光景也。

初六日甲申(5月24日) 进署。

初七日乙酉(5月25日) 进署。

初八日丙戌(5月26日) 进署。新泉约福兴居。

初九日丁亥(5月27日) 进署。子孚约福兴居。

初十日甲子[①]**(5月28日)** 进署。

十一日乙丑(5月29日) 燥热非常。游试验场。

十二日丙寅(5月30日) 庶务司公请江苏馆。

十三日丁卯(5月31日) 进署。

十四日戊辰(6月1日) 进署。

十五日己巳(6月2日) 进署。

十六日庚午(6月3日) 复带引见,此次奉谕旨,由十九日起,每日六员预备召见,俟各员召见完竣再圈。以日计,余在二十四日预备召见也。

十七日辛未(6月4日) 进署。

十八日壬申(6月5日) 未出门。是日伯母寿辰,晚席一桌。晚雨。

十九日癸酉(6月6日) 进署。礼拜。购枣骝洋马一匹,八岁口,价三百元。又花消廿元。今日套车,马甚良善。

二十日甲戌(6月7日) 进署。

二十一日乙亥(6月8日) 进署。住班。

二十二日丙子(6月9日) 进内。

二十三日丁丑(6月10日) 进署。

二十四日戊寅(6月11日) 进内,伺候召见。是日因外起太多,传令次日递牌。是日使女春香收为使婢。

二十五日己卯(6月12日) 进内。巳初十分,召见。先在养心

---

① 应为戊子,此日起干支纪日错误。

初四日辛巳(7月20日) 进署。

初五日壬午(7月21日) 进署。

初六日癸未(7月22日) 祝子寿寿,戒丈寿。凤乔二妹安葬,在慈慧寺念经。连日大热,寒暑表屋中八十六度,院中九十二度,自初一至初六均系如此。

初七日甲申(7月23日) 早,阴,上慈慧寺。七钟起杠,蒙蒙雨,旋止。十点三刻,始抵茔地。道路虽甚好走,实因西永恒人夫不应手,致将巳时错过,到后即安葬。天晴,大热,蒸郁非常,终日挥汗,晚尤甚,身如水洗,两眼发昏,可称极热矣。

初八日乙酉(7月24日) 进署。住班。是日大热,寒暑表九十八度。闻本日热死人畜数个,可谓极热矣。

初九日丙戌(7月25日) 进内。巴西觐见。仍热,较昨日微有凉风,而平时尤觉热也。

初十日丁亥(7月26日) 进署。热,昨同。

十一日戊子(7月27日) 进。热稍减。进署。

十二日己丑(7月28日) 进署。仍热。

十三日庚寅(7月29日) 进署。仍热,但有凉风耳。

十四日辛卯(7月30日)

十五日壬辰(7月31日) 进署,公请午帅,在新公所。早大雨,雷声隆隆。八点钟,霹雳一声,与红光并出。声似铜钟,如同炸炮,耳为之聋,从未闻如此大雷也。

十六日癸巳(8月1日) 午初,军机处来信,余简放奉天锦州府知府。自五月十一日京察记名,至今仅三十六天,诚为意想不及。锦州距京一千里,现有京奉铁路,十七点钟即到府城。闻地方民情甚朴,尚称易治,交涉事件亦不甚多,唯缺分清苦耳。午后谒庆邸。

十七日甲午(8月2日) 早进内,谢恩,召见。摄政王谕:“奉天地方紧要,交涉甚多,特放你去,因你在外务部当差,熟悉交涉,你到后务须小心。”当对以办事必小心谨慎。并询及:“你尚须耽延几天再走?”对以拟在八月起身。又询问外部事数语即退出。午后拜堂。

十八日(8月3日) 拜客。

十九日乙未①(8月4日) 早拜梁联邹世四堂,拜门。

二十日丙申(8月5日) 早车赴津,下午谒那相,拜门,次晚文传庭约班饭。

二十一日丁酉(8月6日) 早车旋京,热甚。

二十二日戊戌(8月7日) 拜客,兴九约天和玉。

二十三日己亥(8月8日) 早至长椿寺,许季湘太夫人开吊,顺道拜客,热甚。午后裴先生来贺,令选日留须,择六月二十六日午时向东南净面,七月初五日午时向正南留须。又有云四不祥等,□特志每逢初四、初七、十六、十九、二十八日,此五日均不宜办正大之事。

二十四日庚子(8月9日) 接那相。

二十五日辛丑(8月10日) 拜客。到利威洋行,晚宴春园。

二十六日壬寅(8月11日) 拜陶杏南生日会,公请会贤堂。

二十七日癸卯(8月12日) 王镜泉约会贤堂。昨日午刻留须。本年四十三岁。定七月初五日午时留须。

二十八日甲辰(8月13日) 未出门。

二十九日乙巳(8月14日) 东城拜客。

三十日丙午(8月15日)

七月

初一日丁未(8月16日) 东城拜客。

初二日戊申(8月17日) 约斌丈福兴居。

初三日己酉(8月18日) 至南城拜客,肆丞约云和。

初四日庚戌(8月19日) 生日会,会贤堂,祝崇立夫。

初五日辛亥(8月20日) 午刻剃发留须,下午拜客,晚雨。

---

① 六月十八日(即8月3日)为乙未日,以下干支记日全错。

初六日壬子(8月21日) 雨竟日。

初七日癸丑(8月22日) 早雨。晚伦贝子约晚饭,雨。

初八日甲寅(8月23日) 雨终日。

初九日乙卯(8月24日) 城外拜客。到蔚号算台戒翁账。三十年十月二十一日借京平足银三千两,八厘息,自三十年十月廿一日算至宣统元年五月廿一日,计五十七个月,共利银一千三百六十八两。本年五月廿一日,收戒丈寄来京足一千两,还本银五百两,利银五百两,除收净欠本银二千五百两,除收利五百两,净欠利八百六十八两,二共本利合欠京足银三千三百六十八两正。从元年六月起,本银即按二千五百两算,每月应八厘计利二十两。今特记于此,原单随信寄至宁夏,嗣后还银即径寄蔚丰厚①代收可也。晚朱子良约太升堂。

初十日丙辰(8月25日) 王鲁帆约福全,吴少渠约福兴。

十一日丁巳(8月26日) 未出门。

十二日戊午(8月27日) 热,未出门。九十多度。

十三日己未(8月28日) 雨竟日。恩昆峰约福全,午约陈梦翁,约在家晚饭。

十四日庚申(8月29日) 雨竟日。十三日继昆侯约同福馆晚饭,所记十三日之事系十四日之事也。

中元辛酉(8月30日) 颇有秋意,凉爽宜人,上坟地。

十六日壬戌(8月31日) 江子加约聚丰堂。

十七日癸亥(9月1日)

十八日甲子(9月2日) 绍益约福全。

十九日乙丑(9月3日) 杏南约晚饭,寿午翁约福和楼,申刻与苗梦符初晤。

二十日丙寅(9月4日) 汪伯翁约晚饭,归阅朱洪论外交一段,

---

① 清道光十九年(1839)山西介休贾村侯氏开设之票号。

特志于此。东三省之交涉，无论何人去办，皆不见有好效果，原不能责清帅。不过以开通明白时势之人去办，则尚可弥缝而求旦夕之安耳。今日之外交，无论何人作外部长官，皆不易措手足，不过既当外交之冲，则外交苟有不能如国民之意，于利权稍有损失，即不能不受指摘耳。天下事有强权而无公理，非自今日始，亦非独中国为然。国不富，兵不强，而欲与人言外交，虽能者亦无所用其才也。今中国未尝不欲求富，然试问所开之矿产，所办之农工商实业，谁是获利者？多办一件实业，即多一件赔钱之事而已矣。非实业之不能获利，乃上人之材之未兴，上之保民者未当也。天下无论何种实业，皆非有专门学问者不能办，即有专门学问而未有阅历者，亦不能办。今之专门毕业学生，人固不多，然皆毕业得文凭而已，以云阅历，尚未有也。且此等学生自调部差遣以来，亦不过供堂官之奔走耳，政府亦未尝重用之。稍支薪水以给朝夕可矣。以云办事，则殊未也。且民间所有一切实业，亦未见朝廷实在保护，劣绅土豪骚扰之，贪官暴吏讹索之，如木方萌芽，其能否长成，尚未可知，而牛羊之践履、儿童之攀折已纷至沓来。以此求富，中国安有致富之日哉。将来殆日贫一日，至不可收什而已。至于陆军，则虽然训练，然亦只得形式之皮毛，若云足以敌外人，吾未敢信也。海军则尚未有眉目。日云无款，窃谓即使巨大之款，坚船利炮无数，今日尚未有海军人才，即有船械，谁人能用？借寇兵而资盗粮则有余矣。以云御敌，则相去尚远也。况洋人一闻中国办海陆军，即尽出退换不用之旧枪与旧式之炮，来华求售，船则将旧式者油新之以求售于我。其来京运动者不绝。观此情形，则所谓办海陆军者适足以糜中国之财而益竭中国百姓之脂膏，以加增中国之贫且弱而已。以云强兵，则犹未也。国如此贫，兵如此弱，外人知我不敢与之战，于是敢为无理之要求。我即据理以驳之，其如外人不与我讲理何？我引公法以为口实，其如外人不与我讲公法何？故对于今日外交之失败而徒责骂办外交之人，我知受骂之人必不心服也。欲办外交先修内政，修治在求富强。欲求富强，必须于现今之各种实业与海陆军之腐败而力攻之。我见各省之所谓志士，每遇有外交，则举代表来京力争，以保权利。争之诚是也，然窃嫌其争之已迟也。欲争其末，不如先争其本，则何不于该省之学务之腐败、实业上之腐败，举代表而争之。诚能力争以去该省之腐败，则该省即能富强。能富强则外侮自不敢至不争。于平日而徒争，于临时徒令外部多一番之为难，而外国未必皆退让也。故仆于津浦铁路之腐败，直隶绅民能举代表来京力争，深有取焉。使省省如此，事事如此，中国犹有后望也。是早赴吏科画凭。

二十一日丁卯(9月5日) 梁慈孙、刘宝森约晚饭。

二十二日戊辰(9月6日) 晚约士和看马戏，可称奇事，可谓奇技。

二十三日己巳(9月7日) 和会司公请醉琼林，传亭约双寿。

二十四日庚午(9月8日) 送那相穿珠五件，麻纱一套，烟卷、洋点心。晚赴麻花胡同拜寿。子孚约福兴居。饭后到三义成。

二十五日庚午(9月9日)

二十六日辛未(9月10日) 沈、黄、夏、程约六国饭店。

二十七日壬申(9月11日) 东城拜苗梦符。

二十八日癸酉(9月12日) 寿午翁约会贤堂。

二十九日甲戌(9月13日) 请张憩伯等人国兴堂。

八月

初一日乙亥(9月14日) 庶司请德昌饭店。

初二日丙子(9月15日) 工司请聚丰堂。

初三日丁丑(9月16日) 未出门。

初四日戊寅(9月17日) 生日会。

初五日己卯(9月18日) 蔚号约醉琼林，鸿臣约天和玉。

初六日庚辰(9月19日) 熊畅九、林、马、嵇、孙约嵩阳别墅，仁山约天和玉。

初七日辛巳(9月20日) 归着衣箱。

初八日壬午(9月21日) 未出门。

初九日癸未(9月22日) 剑秋约在家晚饭。

初十日甲申(9月23日) 心泉约便饭。

十一日乙酉(9月24日) 上蔚丰厚算账,共欠该五千两,已由存款扣还。又另借五千五百两,每月六厘行期年归还,立有字据。取银另有图章,禄字晶章、花瓶石章二章为凭。

十二日丙戌(9月25日) 健堂、月帆约同兴堂。

十三日丁亥(9月26日) 裴先生择起身日期,定九月初二日。接印日期大致择九月二十日辰时巳时接印。二十四日卯午,十月初三日午,初四日巳等日,九月十七日辰午两可。

十四日戊子(9月27日) 料理账目。于心泉约国兴饭,茂竹交来俄皇赠给三等宝星一座,由军机大臣面呈,奉旨准收受。

十五日己丑(9月28日) 蔚号过节。

十六日庚寅(9月29日) 叔和约同兴堂。

十七日辛卯(9月30日) 恩印伯、施长清约福全馆,东城辞行。

十八日壬辰(10月1日) 归着字纸。

十九日癸巳(10月2日) 泰和卿约观戏,万福居晚饭。

二十日甲午(10月3日) 两位姑奶奶给余践行。谒见庆邸。

二十一日乙未(10月4日) 何润夫约福兴居,张相国逝世,谥文襄①。

二十二日戊戌②(10月5日) 立夫、吉甫、锐堂、云峰、义□约同兴堂,崇茂竹约天和玉。

二十三日己亥(10月6日) 翟铭南、何翙高约东兴楼,是日东城辞行。

---

① 即张之洞。

② 本日起干支正确。

二十四日庚子(10 月 7 日) 天成约万福居看夜戏。

二十五日辛丑(10 月 8 日) 继益堂约醉琼林,午刻拜荣叔章,畅谈。夜大雷雨一阵。

二十六日壬寅(10 月 9 日) 恩印伯约便宜坊,与陆怀德谈车站事,镗三约太升堂,昆峰约福兴居。

二十七日癸卯(10 月 10 日) 上坟,临记约天福堂辞。

二十八日甲辰(10 月 11 日) 久山约在家小聚。

二十九日乙巳(10 月 12 日) 恒子有约福全馆。

三十日丙午(10 月 13 日) 心泉约在家畅聚。

九月

初一日丁未(10 月 14 日) 接送宾客,竟日未闲。

初二日戊申(10 月 15 日) 早八点半开车,至车站送者,兴荷老父子、立八、胜爷、义爷、富兴、天成、临记、恩席臣、镗三、斌丈等十余人,性弟至山海关,沿途甚暖。六点二刻到关,住同丰栈,唯天黑人众,下车时甚乱。晚早歇。

初三日已酉(10 月 16 日) 早八点开车,一路甚暖。晚六点半到新站,乱与昨同。幸荣叔章亲自到车站照料,并派马车来迎,预备饭食,可感之至。不然无一熟人,更无所遵循也。

初四日,早,庚戌(10 月 17 日) 拜各司使道,有未见者。午后报到,阴冷。

初五日辛亥(10 月 18 日) 早六点半上院,而锡帅已见客,不能再回。随拜客数家。午后三点,复到公署谒见。是日客太多,又会晤洋人,候至五点,始传见。颇露世交之情,教导许多言语,均系关切之话。

初六日壬子(10 月 19 日) 晴,清冷。早民政司挂牌,下午即奉饬知赴任。王礼堂请吃饭,上街购洋式桌椅卅余件,价银二百七十元。由京蔚泰厚[①]汇来京平银七百两,当兑二百两易小洋,下余五百两,暂存。

初七日癸丑(10月20日) 早上院谕委禀见,谈四刻多钟。赴各司,谕委商请委员帮理,竟乏好笔下者。

初八日甲寅(10月21日) 具印,领津贴。借用奉天府印。晚蒙务局于振甫请晚饭,菜极佳。

重阳乙卯(10月22日) 领冬季津贴一千七百廿八两,当交户部银汇锦,连由京带来五百两,以一百两易小洋,外所余二千一百廿八两。兑饬,又去汇水廿一两,实汇一千一百零七两正。午前张司使荐法政优等毕生孙甲东,人尚安详。又托荣叔章代请钱善铉,号治民,人甚精明,唯能否准去,尚待商酌。

初十日丙辰(10月23日) 早上院禀辞,督抚均见,唯各司均有事出门,民政、度支只好明日往谒也。昨晚日本伊藤公爵抵奉,官场从优接待。

十一日丁卯[②](10月24日) 早民政司张司使处禀辞,度支司张出门,回寓后孙甲东、钱善铉来谈,约其一礼拜内到锦,帮同办理新政。

十二日戊辰(10月25日) 九点开车,三点二十分到锦。微雨,住公馆。程普泉来谈,明午起身,拟明日接印。夜雪。

十三日己巳(10月26日) 九点接印。蟒袍未穿,仅穿补褂。拜印,行香,天冷,雪飞,披阅公牍。

十四日庚午(10月27日) 前任家眷移居,收什衙署。

十五日辛未(10月28日) 早行香,移居衙署。室如悬罄,收什房间,余暂住签押,幸带有洋桌椅,略备陈设。午后会晤,俄人岑述拉瞒告民人拖伊牛银二百十五两,札饬西厅速传讯。是日忙乱一日,人

---

① 清著名票号。

② 此日应为“丁巳”,致以下干支记日全误。

甚疲乏。

十六日壬申(10月29日) 披阅公牍。

十七日癸酉(10月30日) 披阅公牍。

十八日甲戌(10月31日) 礼拜,到自治会。

十九日乙亥(11月1日) 披阅公牍。

二十日丙子(11月2日) 披阅公牍。

二十一日丁丑(11月3日) 夜雨。天明雪兼风,极冷。

二十二日戊寅(11月4日) 晴。计到锦已十天,所有此地风土人情,稍得一二。民则刁而好讼,事则繁而无章。东三省屡遭兵燹,民力早已不支,自改行省而来,新政繁兴,事事需款,而民贫财竭,筹措无方,更兼民志[①]未开,凡举行一政,诸多窒碍,朝廷力图自强,急于一反旧习,以全此地。两强相伺,三省地土全在范围之中。若不更张,难全此土。惟锦属未经兵灾,人民开化尚未,以致各项新政举办为难,署中公事近益纷繁,又兼新旧交替,事事生疏,现聘许公绍祖,字复仲,办文案司法;钱善铉,字冶民,办统计;苗兰生,字梦符,办征收;阎旭丹,名复信,办收发,分任各项事宜。近日稍有头绪。天冷。

二十三日己卯(11月5日) 晴。

二十四日庚辰(11月6日) 晴。

二十五日辛巳(11月7日) 晴。

二十六日壬午(11月8日) 讯单,发单,平一案。哓辨不休,各无了结之意。此案兄弟争产,无法可断。

二十七日癸未(11月9日) 午后,行李到来。

二十八日甲申(11月10日) 晴。

二十九日乙酉(11月11日) 回拜刘管带俊伯,路工局齐文绅士乌尔杭阿。

三十日丙戌(11月12日) 晴,巡警报称廿九七点贼人四名抢

---

① 原文作“志”,疑为“智”之误。

粮行，本当场拿获一人，余均未获。半月之内城内城外两出抢案，成何事体。巡警腐败可见。

十月

初一日丁亥(11月13日) 晴暖。派刘七到关上迎接。

初二日戊子(11月14日) 晴暖。禁烟公所开会，前往临视。

初三日己丑(11月15日) 晴暖。午后家眷等到署，一切平安。下午张荷村来，据云闻省城人云日本来兵，不知何意。

初四日庚寅(11月16日) 午时到车站接清帅，夫人未来。晚中学堂监督魏绳武来谈，闻省中人云日本之问题，一要谘议局正副议员二三人；二监理东三省财政；三派日兵三万代办警务。未识政府将何以对待。

初五日辛卯(11月17日) 讯杨魁元、王云亭。复饬盘山厅详查。

初六日壬辰(11月18日) 政府外部各信交旭弟明日带京。

初七日癸巳(11月19日) 旭弟回京，蒋芬号梅生，铁路总稽查，又第三局副官袁得起。

初八日甲午(11月20日) 风。

初九日乙未(11月21日) 半阴。南风。到商务会议捐。

初十日丙申(11月22日) 阴。飞雨。自治局绅李维果来谈。

十一日丁酉(11月23日) 晴，风，稍冷。

十二日戊戌(11月24日) 晴。钱冶民进省。

十三日己亥(11月25日) 讯马长明、王正林一案。

十四日庚子(11月26日) 仍讯此案。

十五日辛丑(11月27日) 上中学堂。因众生起风潮，要求官员到堂演说，并威吓勉力等语，允为加优待。共二十五人，每一班十五人，十人正分，五人半分。晚救护月食，行礼五次，戌初二刻复元。

十六日辛丑(11月28日) 上自治会议筹款事。夜，大风。

初四日戊子(1月14日)　冷甚。李道统领镜清来，午后回拜傅、徐、李三家。

初五日己丑(1月15日)　阅公。傅竹湘约晚饭，屋宇、菜蔬均佳。

初六日庚寅(1月16日)　阅公。连日冷甚。

初七日辛卯(1月17日)　阅公。

初八日壬辰(1月18日)　阅公。近又回暖。

初九日癸巳(1月19日)　阅公。

初十日甲午(1月20日)　阅公。过讯杨魁元、王云亭、嵩维狱，均不承认。

十一日乙未(1月21日)　阅公。

十二日丙申(1月22日)　阅公。讯杨魁元，仍无确供。

十三日丁酉(1月23日)　阅公。梦符自昨日不知何处去。

十四日戊戌(1月24日)　阅公。讯王云亭。

十五日己亥(1月25日)　阅公。

十六日庚子(1月26日)　阅公。

十七日辛丑(1月27日)　阅公。

十八日壬寅(1月28日)　阅公。

十九日癸卯(1月29日)　午刻封印，夜接洵贝勒。冷极。在令度下。

二十日甲辰(1月30日)　阅公。

二十一日乙巳(1月31日)　阅公。

二十二日丙午(2月1日)　阅公。

二十三日丁未(2月2日)　阅公。祭皂。晚鞭炮甚多。

二十四日戊申(2月3日)　巳刻迎春东郊。届时乘轿出南门，续至东门外喜棚行礼，一路龙灯、秧歌，甚属热闹。人山人海，天气晴朗。

二十五日己酉(2月4日)　阅公。夜子正一刻打春，在大堂外行礼。

二十六日庚戌(2月5日) 阅公。

二十七日辛亥(2月6日) 阅公。

二十八日壬子(2月7日) 阅公。

二十九日癸丑(2月8日) 阅公。

除夕日甲寅(2月9日) 阅公,祭祖,祀神。诸事大吉。

奉天锦州府知府豫敬今陈:知府,年四十四岁,系厢蓝旗满洲庆保佐领下人,由监生报捐员外郎,于光绪十一年选授盛京户部员外郎,十二年二月到任,十五年二月三年期满,回京候选,签分兵部行走,派充武库司帮掌印。十六年报捐花翎,十八年蒙庆亲王派充神机营文案处委员。是年派充会典馆协修官。十九年因回避,改掣户部行走,派四川司帮掌印,北档房总办,兼管八旗俸饷处厢黄旗股,八旗现审处厢红旗股。二十年派襄办万寿庆典。二十二年选补刑部员外郎。是年会典馆全书过半,奉旨交部从优议叙,部议加二级,是年十月,考取总理各国事务衙门章京,奉旨记名。二十四年因嗣父崧蕃在贵州巡抚任内捐助军饷,移奖四品升衔。二十七年十二月,传到外务部奏留作为候补主事。二十九年七月,奏补考工司主事,派充和会司帮掌印。三十一年,派充和会司主稿,是年日本派小村寿太郎来京议约,经外务部王大臣派□员。丨二月初三日,丁嗣父忧,初七日,钦奉特旨,着以本部员外郎即补。三十二年十二月初三日,服满,是年派充接待日本博恭王随员,经日皇赠给宝星。三十三年二月,奏补和会司员外郎。宣统元年,接待各国专使,俄皇赠给宝星。宣统元年京察,蒙外务部王大臣保列一等,经吏部带领引见,奉朱笔圈出。四月二十五日,在养心殿召见。五月二十一日,奉旨记名,以道府用。六月十七日,奉上谕:奉天锦州府知府着豫敬补授,钦此。十八日谢恩,在养心殿召见,食俸。是年在湖北赈捐,报捐三品升衔。十七年纪录二十六次。是年九月,奉饬赴任,于十三日接□任□。须至履历者。

民国廿三年(1934)

八月

民国廿三年八月卅日即阴历七月廿一日

甲戌日记 乙亥附廿四年

民国廿三年八月卅日，阴历七月廿一日，接续前年。

八月卅日(1934年8月30日)[①]**。七月廿一日。星期四。**晴。到养马营、机织卫，晚餐大美，尚佳。

卅一日。廿二日。星期五。晴。

九月

九月一日。廿三日。星期六。昨日航空开彩，一奖零七八三三九，落上海。末字九字，得二元。

二日。廿四日。星期。阴。今早殷焕然枪毙。午后到福全馆，致十一娶亲。

三日。廿五日。星期一。竟日阴雨，甚大。

四日。廿六日。星期二。到九条，子年送库。

五日。廿七日。星期三。出城。航空得末字九，取洋二元。晚大雷雨一阵。

六日。廿八日。星期四。上养马营，受风吹，先冷后热。

七日。廿九日。星期五。上金城。三日迁移，新建洋式小楼房

---

① 自本年日记起，作者已自标公历、农历日期，故不另注明。

一坐，甚为精致，在西单北路东。

八日。卅日。星期六。

九日。八月初一日。星期。自本日每早服人参健脾丸十丸，每两掺熟烟六分，试服尚无痛苦。

十日。初二日。星期一。

十一日。初三日。星期二。

十二日。初四日。星期三。出城。

十三日。初五日。星期四。访叔宏，未晤。

十四日。初六日。星期五。夜，大雷，屋宇为摇，下雨一阵。

十五日。初七日。星期六。今日服一星期，唯午后一点至三点，甚为无聊。

十六日。初八日。星期。早大雷雨一阵。桂月汀生日，往祝，不送礼。晚餐东安市场小食堂，尚佳，比大美稍次。生意甚好，比大美尤甚。归家，大风。

十七日。初九日。星期一。出城，世隆源买加宽湖绉十三尺，假洋绉里十三尺，做薄棉袄。

十八日。初十日。星期二。今日为九一八，记念失东三省。记得辛亥革命起事为八月十九日，若倒念，亦是九一八，遥遥相对，一得一失，不亦奇乎。

十九日。十一日。星期三。

廿日。十二日。星期四。

廿一日。十三日。星期五。王念岚房折已觅铺保，由阴历八月初一日起租，今付十二元。

廿二日。十四日。星期六。阴雨竟日，非常之凉。

廿三日。十五日。中秋。星期。出城。下晚到北海一览，游人极众。晚踏月至四牌楼，甚为热闹。幸今日畅晴，街市小贸易获利尚佳。惜昨日阴雨，未免损失不少也。

廿四日。十六日。星期一。晴暖。

廿五日。十七日。星期二。

廿六日。十八日。星期三。理发。

廿七日。十九日。星期四。访月汀、叔宏。

廿八日。廿日。星期五。昨夜归家后即下雨一夜，今日又下一天。下晚冒雨到福寿堂，延三太太五十正寿，月汀代约凤卿父子、杨宝忠清唱，又约富竹友姐妹《宇宙锋》、《玉堂春》，均好。唯归时迎面风密，雨湿衣。到家后雨势益大，正正一夜。

廿九日。廿一日。星期六。早，雨甚大，房檐滴水，竟日未住。晚仍淅沥有声，阴云愈浓，大约明天仍难开霁也。

卅日。廿二日。星期。仍雨竟日。气候甚凉。午后雨住。

十月

十月一日。廿三日。星期一。

二日。廿四日。星期二。出城。

三日。廿五日。星期三。

四日。廿六日。星期四。

五日。廿七日。星期五。天晴，气爽，午后同姨太太坐洋车上莲花池观西人赛马。一点二刻五起身，出平则门，走驴市口，此路多年未走，从前石路全行拆去，沿途土厚辙深，甚难行走。至西便门，顺土马路过白云观，顺路西北行，约十余里，始抵跑马场，游人甚多，较比往年人数尚少。值六次赛马，余买七号，姨太买五号，居然五号头马，然仅得二元八角。七次，又买四号马，未得，此次系二号头马。又至摇票处，余用二元买三九七号，登时摇出第三采，余得八十九元，此乃意外之财。即坐洋车走小路，近多约四五里，即至便门，近顺治门归家。由跑马厂上车四点十分，到家仅五点十分，其中在便门里值过火车，尚停有十五分钟。好天好道，至多五刻钟即可到也。

六日。廿八日。星期六。到养马营，因请施今墨，伊不知内容，按病说话，于是老太太又急上加急，种种不讲理，狡情话令人厌闻。

七日。廿九日。星期。余之洋车已糟旧不堪,今将此从新收拾,所谓洗澡,居然如新车一样,共约廿六元之谱。

八日。九月初一日。星期一。穆六祖母送库,人甚多。

九日。初二日。星期二。

十日。初三日。星期三。哈尔飞看程永龙关帝剧,《白马坡》、《三江口》、《芦花荡》,身段、做派、工架均佳,虽系外江,以六十二老叟演之,甚为不易也。

十一日。初四日。星期四。

十二日。初五日。星期五。出城,全聚厚。

十三日。初六日。星期六。连阴,夜雨。镗三夫人送库。竟日浓阴,居然未下,今日洋人补赛,不知因天气不佳又改期否。

十四日。初七日。星期。晴,风,冷。

十五日。初八日。星期一。风,冷。

十六日。初九日。星期二。重阳节,本拟游北海,因冷未果,晚餐涮羊肉,甚好。

十七日。初十日。星期三。哈尔飞听程永龙《白马坡》、《三江口》,甚好,年逾六旬,尚能如此,实不易也。

十八日。十一日。星期四。

十九日。十二日。星期五。访叔宏。

廿日。十三日。星期六。

廿一日。十四日。星期。访月汀,未晤。访鹤龄,久谈。

廿二日。十五日。星期一。

廿三日。十六日。星期二。夜起风,早小雨,风。天气极冷。

廿四日。十七日。星期三。

廿五日。十八日。星期四。叔宏老太太生日。

廿六日。十九日。星期五。

廿七日。廿日。星期六。

廿八日。廿一日。星期。午后二时,到欧美同学会,朱伯渊嫁女结婚。

廿九日。廿二日。星期一。

卅日。廿三日。星期二。

卅一日。廿四日。星期三。晚哈尔飞观戏剧学校众学生《八五花洞》,甚齐整。

十一月

十一月一日。廿五日。星期四。

二日。廿六日。星期五。航[①]空开彩。闻三奖落北平,头奖为一一六八四二,不知落于何处。晚哈尔飞观小楼《长坂坡》。

三日。廿七日。星期六。天晴。

四日。廿八日。星期。出城。买毡鞋。

五日。廿九日。星期一。晴,暖,理发。

六日。卅日。星期二。

七日。十月初一日。星期三。

八日。初二日。星期四。

九日。初三日。星期五。观戏剧学校《盘丝洞》。

十日。初四日。星期六。

十一日。初五日。星期。

十二日。初六日。星期一。上东安市场。

十三日。初七日。星期二。到全聚厚。宴古镶红石戒指,添两爪抱此石,所为保重也。

十四日。初八日。星期三。访叔宏,晚吉祥听言三《连营寨代白帝城》,甚好,唯上座不多,不过三百多人而已。

十五日。初九日。星期四。

十六日。初十日。星期五。晚哈尔飞小楼《牛头山》,非常之好,

---

① 原作"杭",据上下文改。

神气不减当年。自起霸至挑车,精彩异常,决非他人所及。各架式、亮像,与众不同,诚绝技也。今日按图练《易筋经》,据云如法练习,甚益。

十七日。十一日。星期六。上护国寺,菊花多而且好。

十八日。十二日。星期。大风,初冷,鱼缸见冰。

十九日。十三日。星期一。天晴,微冷。

廿日。十四日。星期二。

廿一日。十五日。星期三。

廿二日。十六日。星期四。

廿三日。十七日。星期五。到金城。出城。

廿四日。十八日。星期六。

廿五日。十九日。星期。连日天气晴暖。

廿六日。廿日。星期一。早飞雪一阵,旋止,阴冷。闻大同昨下大雪,昨日媳妇上礼士胡同,日内拟回宝坻一行,约住一月。今年五老太太七旬正庆,改明春补作,送礼八包,均系日需食物。

廿七日。廿一日。星期二。昨早飞雪,起风,极冷,未出门。

廿八日。廿二日。星期三。晴,仍清冷。近因无处可去,终日在家写字,临赵颇有进步。

廿九日。廿三日。星期四。

卅日。廿四日。星期五。

十二月

十二月一日。廿五日。星期六。白塔转塔。叔宏来。

二日。廿六日。星期。访叔宏、浩如,购文泉涌玻璃二块。

三日。廿七日。星期一。

四日。廿八日。星期二。晚大美。连日天气极寒,今日五老太太七旬正寿,因姑娘病未愈,改明年。

五日。廿九日。星期三。晴暖,访王念岚,交涉房租事。十月一月之租,至今未付。

六日。卅日。星期四。

七日。冬月。初一日。星期五。出城。

八日。初二日。星期六。

九日。初三日。星期。访承之,同叔宏吃东黔阳,不佳。归家时大风。

十日。初四日。星期一。稍冷。

十一日。初五日。星期二。冷。

十二日。初六日。星期三。

十三日。初七日。星期四。全聚厚取利。

十四日。初八日。星期五。

十五日。初九日。星期六。

十六日。初十日。星期。早飞雪,午后上约七分。

十七日。十一日。星期一。

十八日。十二日。星期二。

十九日。十三日。星期三。理发。

廿日。十四日。星期四。气候颇寒。

廿一日。十五日。星期五。晴。稍冷。晚十一点对月烧香,有求多应。余每年于今日所谓月当头是夜焚香,已有四十余年也。

廿二日。十六日。星期六。今日冬至节,晴。

廿三日。十七日。星期。

廿四日。十八日。星期一。到金城。

廿五日。十九日。星期二。

廿六日。廿日。星期三。今日中法储蓄银行在西单南路西开幕,主任张槐廷,即绍二,今午两点至该行往贺,就便入储蓄会,每月上三元,与万国储蓄会章程大致相同,亦是十四年期满,十五年取回五百元。另外有少许余利。

廿七日。廿一日。星期四。阴甚浓。仍未下雪。

廿八日。廿二日。星期五,晴。

廿九日。廿三日。星期六。祝叔宏寿。

卅日。廿四日。星期。阴。

卅一日。廿五日。星期一。终日飞雪。约六七分。

伴宿，顺访叔宏，未遇。

卅一日。廿七日。星期四。 出城至宴古、全聚厚，进和平门买茶叶。

二月

二月一日。廿八日。星期五。 访文侪未遇。今日虽已痊愈，唯仍口渴口苦。

二月二日。廿九日。星期六。

三日。卅日。星期。 晴。午风。晚祭神祭祖，辞岁大吉。

乙亥二月四日正月初一日（1935 年 2 月 4 日） 元旦。丑时吉时接神，西南迎喜神，一夜鞭炮极多，为近年所未有。午后狂风，颇冷，到华乐观戏，尚小云、王凤卿《满床笏》极佳。五点散戏，风亦止。归家尚未上灯。倦甚。

五日。初二日。星期二。 祭财神。

六日。初三日。星期三。 浩如、叔宏两家贺年。

七日。初四日。星期四。 东北城拜年五家。

八日。初五日。星期五。 早上祭，午后本拟出门，连连来客，未能出门。

九日。初六日。星期六。 访文侪、少如，约新陆春。

十日。初七日。星期。 大风。未出门。

十一日。初八日。星期一。 前数日稍有感冒，因不甚注意，今日早起即四肢发冷，周身无力，当请汪逢春来诊。据云感寒甚轻，因表里不宣通，以致作冷。用桂枝微汗，此外宣通气道，一两剂可愈。

十二日。初九日。星期二。 今日稍愈。仍照方服药。大风，未敢出屋，闻文侪今晚起身，亦未能往送。

十三日。初十日。星期三。 未出门。

十四日。十一日。星期四。 未出门。仍咳嗽。

十五日。十二日。星期五。

十六日。十三日。星期六。到逢春家门诊,立方止嗽去湿。

十七日。十四日。星期。今日稍好,晚承之、叔宏、致氏昆仲新陆春一桌。堂客仅叔宏夫人,另叫新陆春四菜。

十八日。十五日。星期一。天气甚好。晚哈尔飞听谭富英《卖马》、《碰碑》两出,尚佳。

十九日。十六日。星期二。仍咳嗽,疲倦。

廿日。十七日。星期三。昨夜睡眠甚好,早起反周身无力,终日疲乏,晚本拟到哈尔飞听菊朋《进宫》、《庆顶珠》,因身倦畏冷,未去。

廿一日。十八日。星期四。

廿二日。十九日。星期五。哈尔飞听小楼《殷家堡》、《落马湖》,尚属卖力。

廿三日。廿日。星期六。

廿四日。廿一日。星期。步行至四牌楼,甚累,雇车到养马营、哈尔飞。

廿五日。廿二日。星期一。哈尔飞听谭富英《碰碑》。

廿六日。廿三日。星期二。

廿七日。廿四日。星期三。到箍稍胡同和大奶奶伴宿。

廿八日。廿五日。星期四。

三月

三月一日。廿六日。星期五。

二日。廿七日。星期六。致十来。

三日。廿八日。星期。到谢家胡同鄂伟卿谢步。访承之,致九、致十家晚饭。

四日。廿九日。星期一。

五日。二月初一日。星期二。哈尔飞听言三《换子》、《失街亭》、《斩谡》,甚好。上座亦佳。到养马营祝姑娘四十正寿。

六日。初二日。星期三。

缓则无定，或数年，或数月，以二弟而不如急去，若缓，则日久病人必要大受床褥之灾，反不如急去为佳。无论急缓，断无霍然而愈之望也。惟二弟为人一生忠厚，自幼即缺心眼，事事不关心，一生模糊而至年老中运，官运极佳，惜自己不知经营，均为仆人所得，言之可叹。

六日。初四日。星期六。二弟自昨午栽倒，不省人事一昼夜，今日仍昏迷，偶时亦能稍明，似较昨日微好，汤药亦仅咽一两口。下午浩如来看，据云服大活络丹或可能转回。然亦不过多活几个[①]，仍然不救。若久卧床褥，其受罪更重。看其神气，恐难望回转。今又一天，仍与昨同。今请风水先生杨子明来看西游廊开一屏风门，据云可以开门，定于初六日辰时拆墙开门，将北边游廊之小门堵砌，盖因北边小门太窄，又有立柱，如有白事，棺木不能通过，必须在游廊北间开一屏风门，则宽敞，于局式亦较好看。去年收什房屋时，竟未思虑及此。兹因二弟病剧，始思想及此，幸而无妨碍，可以动工也。

七日。初五日。星期。二弟病仍如昨，但出入气大小不均，有时微弱，有时气粗，唯出多入少，汗出如前。今日一天昏迷，叫亦不应。仅饮水少许，看来或尚能延缓一两日，亦未可定。如能俟将屏风门安好，出入宽阔更好。下午同联三弟到永吉看材讲杠，均办妥。

八日。初六日。星期一。早八点，瓦匠来开游廊屏风门，原想将墙拆去，安设屏门，不过半日即可竣工。讵因竖柱下截糟朽，不胜负重，须将柱底接木，方能稳固，檐头甬瓦亦须拆换，又须漫砖甬路一条，因此颇费人工赶做，须明日方可完竣。今日二弟仍与昨同。下午到金城提款，算利。又到养马营看视联三弟气病之症，刻已止痛，起动如常。叔宏来，未遇。

九日。初七日。星期二。今日瓦木两匠加紧修理，日暮工竣。新开屏门，亦颇合样，添漫砖甬一条，出入走路甚便。今日二弟又一昼夜，仍与昨日相同。唯气色黑暗，气息大小不定，两昼夜未进滴水，

---

① 此处疑脱一“月”字。

出入气喉中干涸，亦无痰声，大约无远限也。看之令人难过。神明既失，仅余气息未断。盖因平时气足，所以能延长时日也。

十日。初八日。星期三。二弟于夜间四点二刻十分逝世。今日一天，整忙了一天，疲倦已极。好在后天接三，时间甚长，停放九天，唯又不能安葬，须浮停于阳宅，后年方能下葬。现在又有新令，凡人家有人死亡，照例须报本处派出所，又有卫生局来人询问病情甚详。虽无勒索，亦颇讨厌。倘若是时令传染症，则须费大事也。

十一日。初九日。星期四。风冷。屋中又生火，今日书缮讣闻面，共请八十家。

十二日。初十日。星期五。今日接三，共来客卅余人。焰口散一点钟。今天出入还礼，颇觉劳累。

十三日。十一日。星期六。今日周身疲乏，余无别事。

十四日。十二日。星期。出城。今日申时出殃。

十五日。十三日。星期一。两点忽起一旋风，将铅板刮飞。

十六日。十四日。星期二。昨之旋风甚奇，将中央医院之旗不知吹往何处。

十七日。十五日。星期三。午后又起大风，早六点，五老太太忽患头痛，呕吐，即往看视，症势甚重。幸孙伯华早来，据云肝阳上冲，又风，故尔头痛。当开方平肝清热，服药后，下午稍好。今日又系送库，三日终日来客不断，送迎还礼，颇觉忙迫，幸来客无多，送库时风势稍止。

十八日。十六日。星期四。早十点出堂上杠，十点半到城门。十一点到下关。换小杠。一点半至坟地，当即浮厝于西耳房一间，用土坯将门堵上，事毕，归家三点半钟。晚早歇。

十九日。十七日。星期五。晴暖。夜间安睡，早起周身疲倦，所谓放乏。此棚事大致共用四百七八十元之谱。

廿日。十八日。星期六。大风。理发。

廿一日。十九日。星期。大风。到养马营看视五老太太。前日甚见好，闻昨早又觉稍感邪气。今日不甚精爽。因年高得病，稍愈又感，似非佳兆。倘如不测，此事真真难办也。①

廿二日。廿日。星期一。到养马营看老太太，仍如昨。

廿三日。廿一日。星期二。到东城谢客。

廿四日。廿二日。星期三。风。老太太今日稍好。②

廿五日。廿三日。星期四。午后天黄风狂，下黄沙。今日身体疲倦，四肢无力，不解曷故。晚饭后较好，与往日一样。

廿六日。廿四日。星期五。昨日狂风，黄沙蔽日，热气扑人，入夜风逾猛，屋宇为摇，至天明风仍如前，但觉寒气刺股，终日仍不息而寒气如正月底。院中花叶近皆畅茂，被一夜狂风，叶多枯落干卷，如得大雨，或能复旧，否则难免脱落也。以两天气候相差不止一月，一冬无雪，春又无雨，人物均难免受病也。

廿七日。廿五日。星期六。大风。看五老太太，仍与前数日相同。

廿八日。廿六日。星期。大风。此次之风，自十三日下午二时忽起大旋风，由顺王府门前吹起，登时狂风飞沙，将铅板刮至空中，不知落于何地。次日风不大，十五日又黄沙蔽日，十六日未刮，自十八日至今，昼夜狂风，伤人损物，笔不胜记。向来春天无雨，终日狂风，在北京并未足奇，不过近年报纸登载未免少见多怪。盖因报馆大半皆青年之辈，阅世无多，每有风雨失常之时，皆目为亘古未有之事，亦可怜也。③

廿九日。廿七日。星期一。访月汀。

卅日。廿八日。星期二。

---

① 此日天头补记："收立爱山信，长春曙町大同旅社六号。"

② 此日天头补记："发盛少屏信。发立爱山信。"

③ 此日天头补记："收乐田信，老太太、太太、子二人、子妇一人、孙男女，共七口。"

五月

五月一日。廿九日。星期三。花园鹤龄嫁女，福全馆。到时马车将走，贺客已散，少坐即东北城谢客一余家。

五月二日。卅日。星期四。夜，微雨。

三日。四月初一日。星期五。早雨，午止，约有一寸，花木得此小雨，稍见润泽。门口新植洋槐两颗，北边枝头稍见发芽，南边尚未见有芽，大约或可望活。

四日。初二日。星期六。今日航空号单头奖为一八九二〇七，未售出，二奖一二九八三五、三四九五八三，不知落于何处。

五日。初三日。星期。西北拜客数家，屋中添电灯一盏，移一盏，无线电天线因折棚撤下，今又照旧挂好，又通电矣。

六日。初四日。星期一。东北谢客，访承之，晚饭。今日立夏，尚穿棉衣。协盛仁药庄，崇文门喜雀胡同东南，蔻仁每两三毛，砂仁一毛五，五香肉料每斤一元六角，上肉桂每两二毛。

七日。初五日。星期二。

八日。初六日。星期三。小食堂晚饭。访叔宏。

九日。初七日。星期四。上琉璃厂买笔、茶叶、折扇。

十日。初八日。星期五。老姨太太生日。

十一日。初九日。星期六。本拟赴跑马厂观赛马。午后大风，旋下雨淅沥有声，上灯止。花木经此微雨，定然枝叶葱绿，洋槐得此雨，亦应发芽。

十二日。初十日。星期。雨后天晴，微风不动，午后两点，乘车赴跑马场。甫出宣武门，行至河沿，见有由西归来洋车数辆，问我车是否上马场。因昨天风雨，今日停止，改日再赛。闻此即回车，赴太庙，观国货展览，仍与去年铁展大致相同。内中均系本处各品，无甚趣味。旋至公园看花，今年芍药虽已开放，但先后不齐，有盛开者，有未开者，且花朵平常，不如往年朵大茂盛也。

十三日。十一日。星期一。自早又下雨竟日，不大。天气极寒，棉衣犹单。

十四。十二日。星期二。访浩如，不遇。求画扇面一柄。

十五日。十三日。星期三。晴，风。

十六日。十四日。星期四。

十七日。十五日。星期五。

十八日。十六日。星期六。宝大太太生日。晚饭后，在叔鸿新收什小书房谈话，约十一点养马营来电话，叫余前去。老太太头疼甚剧，当即前往看视，势颇危险，幸吐稠痰一口，稍有转机。唯姑娘之不讲情理，无法可办。

十九日。十七日。星期。看五老太太，稍有转机，仍请伯华诊视。

廿日。十八日。星期一。到养马营。

廿一日。十九日。星期二。理发。

廿二日。廿日。星期三。下午三点到福全馆，柏鹤龄续娶。是日天忽燥热，九十四度，终日汗出如水，今年天时冷热太不平均。今天如此之热，明天即许穿棉，据报载，南京亦九十多度。

廿三日。廿一日。星期四。晚八点，雷电交作，下雨一阵。

廿四日。廿二日。星期五。午后到天丰堂，言荫先续室，往贺。访承之，正值伊上房动工，少坐即归家。昨晚东北雨势较大，今日街旁尚有积水。闻前门外无彰仪门雨大，伏天往往如是。

廿五日。廿三日。星期六。阴。凉爽适宜，五点落雨数点。今看视五老太太，神色与前天相似，唯两手扑空，脉亦细弱无力，恐难久延。唯姑娘移住后楼，现租小房，虽相离不远，究竟两处奔走，均感不便。今见面又说无理之言，令人无可答对。将来真无法对待也。

廿六日。廿四日。星期。大风。今日赛马，又值狂风。

廿七日。廿五日。星期一。看视五老太太。今日说话有时明白，有时恍惚，脉亦细弱。唯姑娘仍在后楼，终日愁烦，疯症显然，所说之话，均无理可讲。

廿八日。廿六日。星期二。

廿九日。廿七日。星期三。

卅日。廿八日。星期四。到西直大街廿六号姑太太新居。

卅一日。廿九日，星期五。

六月

六月一日。五月初一日。星期六。阴凉。余在屋中静坐，忽又着凉，浑身战抖。至夜始作烧，尚不甚重。

二日。初二日。星期。夜间大雷雨。至午始止，少时又下，可谓透雨。今日身体软弱畏冷，亦是天气太冷，人人皆云甚冷。

三日。初三日。星期一。云来雾去，有时下雨小阵。气候仍寒。

四日。初四日。星期二。气候仍寒，半晴半雨。

五日。初五日。星期三。端阳。因身体不适，未敢出门。下午时时起风，气候益寒。身着棉袍，仍觉寒冷。想口外必有下雪之处。近日外传华北问题和缓，究竟如何①，均未明言。市府移保已定，又有日机前来侦查，令人可想而知也。

六日。初六日。星期四。今日西北狂风，闻桌子山下大雪五寸余，所以昨晚此间异常之冷。今午到汪逢春处诊治，据云仍是湿痰。今用香化之，当服二剂。仍须用附片以化积塞。近唯身体疲乏，头晕，食物不消，食之无味，亦是湿困所致。今往视五老太太，仍与前相仿。唯脉象细弱不匀，一时或不至有变。

七日。初七日。星期五。天气暴热。

八日。初八日。星期六。仍热。今日二弟六十天，媳妇上坟，释孝服。今日看五老太太，又似稍转。

九日。初九日。星期。晴，热。访月汀、叔宏。连日中日交涉，

① 原文无“如”字，据文意补。

甚严重，闻有日方要挟五条，限三天答复，至十一日为止，否则自由行动。大约不久日军来华北，先占京津，连日政府迁保，先于学忠职业，已照办。其余各条，尚未深悉。至于两军开火在何方尚不能知，大约多少总须见一二次战事，再行退让，亦意中事也。即以人心而论，除少数青年借爱国为名者有所反对，此外无不盼日军早来，以免除人民捐税痛苦。实因近年来百般加捐，处处找事罚洋，借卫生为名，勒罚勒捐，禁止白面，枪毙人民，搜鸦片，禁吸食等种种虐政，致使民不安生，人人敢怒而不敢言，所以人心涣散，情愿日来，以免除痛苦也。

十日。初十日。星期一。

十一日。十一日。星期二。五老太太今请龙友来诊。据云右脉重按无根无神，年高气衰，勉拟方剂，见效再议。据我看来，至远夏至前后，恐不易过。唯姑娘虽然归家，倘若出事，仍须出避，真少有也。

十二日。十二日。星期三。天气暴热。午后正一百度。到全聚厚，期满，提四百，存来往一六期年。

十三日。十三日。星期四。日本要求全数应允。

十四日。十四日。星期五。午饭后身体疲倦异常，下晚至北海，游人极少。小步即归。连日西北有云，至今仍未见雨，亢旱已极。

十五日。十五日。星期六。仍是疲倦。到养马营。

十六日。十六日。星期。下午三点多钟，西北正北浓云如墨，少时雷声渐大，狂风一阵，旋风止，雨来。雨势甚大，约一小时，院中水满，雨止。气候颇凉，得此大雨一阵，树木葱绿可爱。

十七日。十七日。星期一。午后南北浓云如墨，少时云散，未落点雨。大约南北两处必有大雨，气候甚凉。

十八日。十八日。星期二。五老太太仍同前两日，似较微好。

十九日。十九日。星期三。

廿日。廿日。星期四。

廿一日。廿一日。星期五。下午六点，闻得全聚厚忽然被挤，因前两日聚盛源银号因事歇业，次日联号同元祥亦歇业，因而市面颇见恐慌。今日全聚厚亦被挤，因天晚人多，不能前去明白。

廿二日。廿二日。星期六。午前大奶奶、姨太太亲自到该号探询，据云早间一切照常，十点忽来一堂客，系前一月存款两万定期，今仅月余，特来提款。该号为顾全名誉起见，允付一万，该堂客非全提不可，坐而不走。于是各处闻信，全来提款，以致周转不灵，两日未能办事。今日并无人提款。下午余至该号询问，大致相同。恐三五日未必有办法。闻该号掌柜伙友均在铺中，大约不致停业。再过三五日或有办法，只好静以待之。

廿三日。廿三日。星期。

廿四日。廿四日。星期一。天气暴热，九十八度。今日各银号、银行风潮平息。农工照常兑换使用。全聚厚具呈办法，候批示即照常营业。闻遐厘云，该号营业后对来往即期满之存户，先仅付十成之一，一月后再付十一，两月后即陆续付清。未到期者，尚未闻如何。据悬揣该号经此打击，恐营业决不能仍前兴旺，但看其以后经营若何也。

廿五日。廿五日。星期二。今日大热，一点钟时正一百度，院中热气蒸人。本拟上东城，因热未果。下午在亚东理发。

廿六日。廿六日。星期三。今早宴古穆鹤庭来电，云全聚厚今日复业。午后到该号，据云自今日照常营业，对于来往及到期过之款，均付一成，利亦一成，四个月再付一成，以后即可照付。至未到期定期存款，不能提取，利银仍旧。此乃现定办法，至以后营业如何，此时不敢预定。据想此次受此打击，以后之营业决不能似前之兴旺，只好再看。

廿七日。廿七日。星期四。今日大风，与秋风一样，气候甚凉。果木大受损伤。因风大且凉，未敢出门，至夜一点，忽听南方炮声数响，与大双响一样，亦未介意，仍常睡觉。

廿八日。廿八日。星期五。早闻城门关闭戒严，始知昨夜实是大炮，西单一带并落有炮弹数枚，幸未炸裂。下午始知系有便衣队数百，欲入永定门，为万福麟军队所阻，彼先开炮，我军抵抗。该队退向丰台而去。今晚仍戒严。至此事之原因，一半日当可明悉，至后须严加防守。自初八日日本要求三日答复，我政府为亲睦邻邦，均已承认。自有此信以来，人心未免摇动，不数日有聚盛源歇业，接连挤农工银行，挤全聚厚银号，金融大为摇动，幸该行、该号极力维持，全聚厚昨已复业，农工亦照常营业。

廿九日。廿九日。星期六。今日街市照常。闻匪已东窜。午后到福德厚买茶叶，姑太太来。晚仍戒严。

卅日。卅日。星期。今日市面照常。晚九点戒严，到马二奶奶问好。据云前夜炮火空中飞行，嗤然有声，照耀窗户明亮，在左近落炮弹数枚。

七月

七月一日。六月初一日。星期一。午后到全聚厚取定期，月利照付。今日各银行因半年结账，休息三天，初三日照常办事。

二日。初二日。星期二。

三日。初三日。星期三。

四日。初四日。星期四。

五日。初五日。星期五。到东交民巷万国储蓄会询问满期会单取款，云十四日为满，十五日早十点来取，携带图章、会单。到象鼻坑、礼士胡同。

六日。初六日。星期六。连日阴天郁热。今日午间，饭后胸间闷满，食物不化，甚为难过。直至三点后，始渐好。到同兴堂为余叔岩贺续娶之喜。棚中来客极多，地窄人稠，更觉闷热。四时结婚，新人约卅以外，中等人材。俟礼成，即赴宴古小坐。进城，今日谣传戒严又早。

七日。初七日。星期。看五老太太，甚是见好。唯姑娘仍然八怕，真无法可劝。

八日。初八日。星期一。到中法询问移交情形。现已点交中央，唯事务繁多，一时不交清，至中央信托局如何，办法尚未定出。

九日。初九日。星期二。自前、昨两日即阴天，偶然下雨三两。昨晚浓阴，今早落雨，湿地皮即止。下午又落一小阵，亦仅湿地而已。夜阴愈浓，未识能下与否。近日早饭不能食，少食亦觉胸间绝满。今仍膨闷，至三点后，始见开朗。

十日。初十日。星期三。

十一日。十一日。星期四。访月汀、叔宏。今日戒严，辰至十二点。

十二日。十二日。星期五。早雨，并闻雷声。午后雨止，出城，到全聚厚取利，到琉璃厂。

十三日。十三日。星期六。哈尔飞听马连良《借东风》。阴，未雨。

十四日。十四日。星期。大热，寒暑表廊上百度。

十五日。十五日。星期一。早十点到万国储蓄会，上会借款之人非常拥挤，等候一小时，始渐渐人少。当将期满会单交会，明日凭章取款，大约又是支票，即日恐不能取，只好明日再说。至应取多少，尚不得知。今日之热，比昨天尤剧，两点时竟过百度零二，不知明日如何。

十六日。十六日。星期二。早十点到万国储蓄会，今日人亦不少，等候多时，始将中法工商银行支票二百五十八元零到手，当即到该行支领，顺道全聚厚满期取一成，余改来往。午后百度。

十七日。十七日。星期三。昨日闷热，至百度。晚阴，十二时落雨。二时起风，三时又下，至八点约有数分。

十八日。十八日。星期四。昨夜雨虽不大，今日凉爽。

十九日。十九日。星期五。昨夜由一点微雨，至今早止。夜间两点，西单华亨布店失慎，延及吴升和、茶店、碱店三处，均遭回禄，南邻恒丽绸缎铺、北邻华秦隆幸免。前夜东四万春堂亦失慎，亦延烧三家。东四、西单均极繁盛，今乃遥遥相对，亦奇事也。

廿日。廿日。星期六。午后到哈尔飞听韩世昌《惊梦》，戏虽无味，而韩则扮相[①]富丽，不愧名伶。

廿一。廿一日。星期。热，未出门。

廿二日。廿二日。星期一。仍热，万里无云，雨意太远。

廿三日。廿三日。星期二。到养马营，续格生日。

廿四日。廿四日。星期三。阴天，有时细雨。忽下忽止。至九点多钟，雨势渐大，少时倾盆。十一时，尚淅沥有声，如一夜不止，可望深透，京门一带，晚秋可望收成八九也。

廿五日。廿五日。星期四。阴雨。下晚又大雨两小時。夜仍阴。

廿六日。廿六日。星期五。今日放晴。潮热非常，恰是中伏之热，地均潮湿。余近日大便甚难。自十一日起即间三、五日大便一次。十七日服润肠之药，出恭二次，今又四天未便，且看明日如何。

廿七日。廿七日。星期六。今日五天未出大黄。午后觉稍有行动，当即如厕。不料燥粪囤积肛门，气催不动，打油亦无功效，仅出煤球大小两个小旦，然已费尽气力，再用劲，仍然无效，只好等待明日再受罪可也。今日天气炎热，比昨日尤甚，已至九十八度。在此潮热之期，若至此，总算热极矣。

廿八日。廿八日。星期。昨夜闷热，今日薄云，热稍减，然仍终日挥汗。今早出恭，仍与昨同，空费力而无用。午饭后稍觉活动，赶即如厕，仍然粪堵肛门，力催不动。昨用油无效，今改用胰子水打入肛门，随即流出，又打胰水，借此用力始渐渐而出，屡屡用力，居然解下一鞭，约五六寸，粪头聚小疙瘩数十，应当随下条恭而未下，明日仍须用力。今又服滋脾丸，以备明日，且看如何。余向来每日大便，且有定时，每年不定何时，总犯大便艰难数次，每次均系一样，总因气力

① 原作“拌象”，径改。

太弱，每逢干燥，气催不动，以致十分困苦也。日间忽晴忽阴忽雨，且有雷声。

廿九日。廿九日。星期一。今日热稍减。昨日解大干粪一条，今日又未解。晚间觉胀，如厕，仍然堵门，力催不动，只好明日再说。理发。

卅日。七月初一日。星期二。今日大便又未解，与昨[1]相同。下午到中华药房买韦廉士红色清导丸一小瓶，卅五粒，价洋四角三分。晚服二丸，且看如何。据云此药善能润下，唯至多仅服四粒，余因气弱未敢多服，仅用两粒，不知能有效否。

卅一日。初二日。星期三。昨晚清导丸，今日仍毫无动静，与天天出恭者一样，实不解何故。下午到叔珍处道喜，因明日在富泉堂办事。顺道访承之，伊夫人病仍未愈。

八月

八月一日。七月初三日。星期四。闷热。余又五天未解。昨服清导丸三粒，早间仍未觉有行动。饭后始觉活动，当即如厕，稍一用力，粪又屯门，干燥异常，气催不动。又用热水薰之，再运气力，渐渐行动，于是接连运气，居然下行，始而坚硬如铁，既而大恭随下，痛快非常。前后统计，约有十七八天未见痛快大恭。今既行动许多，但盼复旧，日日大解，方能照常也。

二日。初四日。星期五。今早起床即如厕，出糖恭。午间仍热，下午渐凉爽，至夜十一点落雨，虽非暴雨而淅沥有声，房檐亦点滴不断，如下一夜，亦好雨也。

三日。初五日。星期六。一夜雨势甚大，竟日未住。午间马连良之父大殡，由后街出城，惜雨未止，无可观看。今早照常出恭，仍不畅适。气候颇凉，晚阴甚浓，雨仍点点，不知明日能开霁否。

---

① 原文无“昨”字，据文意补。

四日。初六日。星期。出城。到华乐听《天河配》，竟无一人之坐，连演四天，天天卖满。

五日。初七日。星期一。昨夜大雨一宵，接连竟日未止，且时而倾盆，院中水满，至晚始住，仍未放晴。

六日。初八日。星期二。昨夜、今天未下，晚又细雨蒙蒙。余自前日稍感暑气，伤风咳嗽，早间甚剧，晚稍好，到养马营，均好。文二弟因房东老太太龃龉，立逐搬家，居然找妥一间，租价五毛，甚为便宜。

七日。初九日。星期三。阴雨。

八日。初十日。星期四。晴。

九日。十一日。星期五。上东安市场买鞋，一元六角，访叔宏。

十日。十二日。星期六。晚哈尔飞听富英《卖马》、《御碑亭》，甚好。唯散时大雨，幸有车，然沦湿矣。

十一日。十三日。星期。听小楼、寿臣《阳平关》、《野猪林》，均好。人极多，热甚。

十二日。十四日。星期一。下雨，大雷。

十三日。十五日。星期二。朱三老太太八旬晋一，在会贤堂演富连成，热甚。是日北海开放作盂兰追悼会，游人有十余万，夜十一时，沿皇城根，游人归家极多。

十四日。十六日。星期三。大热，寒暑表九十八度。出城，到全聚厚取利。

民国廿四年八月十五日。即七月十七日。星期四。大热，寒暑表九十八度，静坐尚流汗。午后三时，到欧美同学会，前院康太太大小姐与唐君订婚，前往致贺。

十六日。十八日。星期五。热，九十八度，未出门。

十七日。十九日。星期六。仍九十八度。下午四时，西北云起，旋为吹散，改为凉风，稍觉清爽。到华宾园洗澡。余因气弱体瘦，二年未敢沐浴。今因天热出汗，不得不洗，甚为清快。晚，热亦稍减。

十八日。廿日。星期。仍热。午后微雨。

十九日。廿一日。星期一。

廿日。廿二日。星期二。阴，稍凉爽。游北海，因连日太热，身体疲倦，今由北海前门步行至五龙亭，颇觉吃力。乘船至南岸，出前门，约行走四里余，力甚不支。

廿一日。廿三日。星期三。阴。终日凉爽。晚间颇有秋意。

廿二日。廿四日。星期四。

廿三日。廿五日。星期五。连日午间甚热。

廿四日。廿六日。星期六。哈尔飞听富英《失街亭》，尚好。

廿五日。廿七日。星期。到姑太太家，二奶奶受暑感冒，立一方剂，一服当愈。访月汀、叔宏，至时南厅胜四、蒋二、冯二等手谈，系王五益阶借地请客，好在是熟人，只入坐大啖，菜极佳，闻系新开之某南菜馆。

廿六日。廿八日。星期一。沙井胡同五老太太接三。

廿七日。廿九日。星期二。

廿八日。卅日。星期三。到姑太太家，二奶奶看病，服药已愈，但牙齿痛，另立一方，去上焦火热，自当见效也。

廿九日。八月初一日。星期四。到有威收什表。访浩如，在市场经济食堂外餐，极美，唯因多食腹胀，一路甚难过，回家大出虚恭，胀立消。晚大雷大闪一阵，落雨湿地而已。

卅日。初二日。星期五。热。

卅一日。初三日。星期六。热，九十六度。

九月

九月一日。初四日。星期。热，九十六度，出前门。

二日。初五日。星期一。热，九十六度。

三日。初六日。星期二。大热，九十六度，自八月初一日起，连日大热，今日尤甚。向年八月初间从未有此连天大热，前两天夜间西北浓阴，可望下雨，今则云气毫无，夜则满天星斗。诗云“星繁愁昼热”，洵不诬也。

四日。初七日。星期三。九十八度。沙井胡同五老太太送库，来客颇多，预备素食，尚好，唯因太热，少坐而已。

五日。初八日。星期四。庆和堂增寿臣娶儿妇。到桂月汀祝寿，彼因受暑兼感冒，今日稍好，坐有石瑞庵、毓衡甫二人。余少坐，畅谈，日暮归家，一路迎夕照，益觉燥热，九十六度。

六日。初九日。星期五。仍热。理发。

七日。初十日。星期六。午间仍热。

八日。十一日。星期。叔宏来，晚阴，落雨数点。

九日。十二日。星期一。仍热。晚凉。

十日。十三日。星期二。午间燥热。晚凉。

十一日。十四日。星期三。阴，出城。本拟上东城，因下雨，未果。回家时，迎风而行，雨点湿衣，晚极凉，夜起风。

十二日。十五日。星期四。早阴，风甚大，气候极凉。午后天晴，风逾猛，极冷，棉衣尚寒。晚月色极清，寒气透骨，前四天九十八度，终日汗流，今须重棉方可。气候变迁，与人事相仿也。此节极窘，入少出多，外帐未能清还。

十三日。十六日。星期五。

十四日。十七日。星期六。

十五日。十八日。星期。访承之，少坐。到叔宏家，致少如亦在坐。归家，十一点，甚凉。

十六日。十九日。星期一。晴爽。到万牲园一观野兽，内有雌雄狮一对，甚健壮。此狮仅三年，公狮颇大，唯领毛尚未长出，母狮稍小。又看虎，惜其卧睡，未见全身。有小豹一，甚活泼。象亦壮健。黑熊一头，极肥，终日摇头，此熊约有卅余年。又鳄鱼两尾，大者爬草，小者栖浅水。此外如鸵鸟、各种猴类及水禽，均极精神。

十七日。廿日。星期二。嘉民带五十来。

十八日。廿一日。星期三。

十九日。廿二日。星期四。

廿日。廿三日。星期五。天气晴爽,至北海一游。唯游人极少。

廿一日。廿四日。星期六。浩如在柳园,二姑娘出阁,男家新式,用汽车。是日天气燥热,恐三两日又要变天,或风雨亦难定。

廿二日。廿五日。星期。悦九太太嫁女,在绒线胡同蓉园,尚属热闹,菜品极佳,价极廉。

廿三日。廿六日。星期一。访月汀,未遇。

廿四日。廿七日。星期二。吉祥观马连良《全部一捧雪》,极佳。大致可分为四出。一点散场。

廿五日。廿八日。星期三。出城,到全聚厚商议归款。

廿六日。廿九日。星期四。晚哈尔飞观马连良《打渔杀家》、《八大锤》、《断臂①说书》,极佳。以说论似比老谭尤好。

廿七日。卅日。星期五。晚耳内取出耳蚕一个。

廿八日。九月初一日。星期六。

廿九日。初二日。星期。华乐观小云《摩登伽女》,甚好。人太拥挤,许久始出园门,到家已七点一刻。

卅日。初三日。星期一。看浩如摔倒。今日已愈。

十月

十月一日。初四。星期二。到全聚厚,又改初六日再议。

二日。初五日。星期三。到四区署登记。

三日。初六日。星期四。到全聚厚,议停利归本。

四日。初七日。星期五。到全聚厚,还本,各折均还少许,以后该号收回若干,分还若干。

五日。初八日。星期六。

---

① 原文作"背",据文意改。

六日。初九日。星期。此七、八、九三日为洋人赛马之期，因连日虽系晴天，但因狂风甚大，未能前往，不久必有补赛之日，再往亦可。本日又系二弟冥寿，思念往年，毫无兴趣，竟日未出门。

七日。初十日。星期一。访月汀，遇柯敬之，畅谈半日。

八日。十一日。星期二。到全聚厚，一个相熟之人未见，亦未能谈话，顺便至电灯公司，晤朱六，托其向韩志斋询问办法。

九日。十二日。星期三。到金城取利存洋。

十日。十三日。星期四。今为双十，天气甚好。家家户户悬挂党旗，此为新局长之新命令也。景六接三。

十一日。十四日。星期五。大风，未出门。

十二日。十五日。星期六。出城。到全聚厚，毫无办法。

十三日。十六日。星期。访承之。赴津，到致九家少坐，晚吃皂温。

十四日。十七日。星期一。

十五日。十八日。星期二。到礼士胡同祝墨老太太寿，有八角鼓，归家颇早。

十六日。十九日。星期三。姨太太到全聚厚，仅付四十元。

十七日。廿日。星期四。到全聚厚，仍系乔姓一人支应。昨寄其经理韩志斋一函，始而云未接，既而又云已经奉到，俟送其掌柜一观，有何办法，再听回信。晚哈尔飞观连良《法门寺》，尚好。

十八日。廿一日。星期五。媳妇同姨太太同往全聚厚。又云掌柜赴津索帐，一派支吾之言，因无法答对，不欺人，然终久亦须有一个办法。看此光景，如能支持到年底，终要关门大吉也。

十九日。廿二日。星期六。

廿日。廿三日。星期。天气和暖，一点起身，一点二刻十分到白云观，两点到跑马场，因洋车自观前即顺铁道向西而行，一刻十分即到马场。此次人不甚多，购摇票共四次，均未得中，然相差甚近，惜未中也。

廿一日。廿四日。星期一。上新陆春，九舅太太聘三姑娘。

廿二日。廿五日。星期二。午间全聚厚伙友张月秋来家，云奉号经理命前来安慰，云经理因病不能在柜，刻病已渐愈，现赴天津查看索债，俟归来，必要面商办法。将来总不至大吃亏云云。在此时自然应如此说法，将来再付款时必另有措词也。姑先志之。今日阴天，稍冷，下午理发。

廿三日。廿六日。星期三。

廿四日。廿七日。星期四。阴，午后飞雨，仅湿地。至六点时，忽然电光一闪，霹雳随之而下，雨势亦渐大，檐溜微滴，自淅沥不断，直至天明而止。约有二寸余。自立秋后，虽下三四次，均不大。两月来甚属干旱，今得此小雨，于树木亦颇有益。唯节至霜降，尚有巨雷，亦罕有也。

廿五日。廿八日。星期五。夜雨，早止。天晴，气候并不冷。

廿六日。廿九日。星期六。出城。

廿七日。十月初一日。星期。访胜，不遇而返。

廿八日。初二日。星期一。上西单商场。

廿九日。初三日。星期二。

卅日。初四日。星期三。

卅一日。初五日。星期四。连日均未出，候韩志斋，未来。

十一月

十一月一日。初六日。星期五。昨晚哈尔飞观尚和玉《牛头山》，名不虚传。老当益壮，起霸之一手式处带劲。此戏与《铁龙山》两出，除小楼与和玉两人工力悉敌，此外其他武生演之，仅看青年火炽，若讲身段，虽一二分均无，此真不能强求也。是日午后微雨，直至夜益大。

二日。初七日。星期六。一夜雨未止，雨虽不大，时刻甚久，亦有二三寸光景，竟日忽阴忽晴，晚又星点小下。

三日。初八日。星期。今日报载南政府一日开六中全会，摄影毕，有人用小手枪击中汪院长四枪，幸枪小力薄，虽中，尚不致命。凶首孙凤鸣登时被获，因中枪，于夜间殒命。原因未明。今日细雨蒙蒙一昼夜。

四日。初九日。星期一。昨晚起大风，今早冻冰数分，登时冷如严冬。午后出城，屋中生火。

五日。初十日。星期二。午间韩志斋面商还本办法，大致或可望六成，在阴历年底可以办清。此次虽然吃亏四成，可以归还现款，闻他处亦系扣成，均有许多债票。或他号欠账，仍须向他号索讨，种种麻烦吃亏，不定多少日期方能见款。终结仍是几成，反不如少得而得现为愈也。

六日。十一日。星期三。午后阴，袁良辞职，照准，即离北平。顷闻有通缉之说。此人在市长任内作恶多端，专与苦人作对。倘此说果实，再能缉获，亦大快人心之事也。今日安洋炉子，因天暖，未生火。

七日。十二日。星期四。上东城访月汀。

八日。十三日。星期五。访叔宏。

九日。十四日。星期六。

十日。十五日。星期。

十一日。十六日。星期一。阴，微冷，游西单商场。

十二日。十七日。星期二。阴，晚飞冰雪，湿地，一夜霏霏。

十三日。十八日。星期三。阴，微冷。下午看视姑太太。

十四日。十九日。星期四。晚飞雪花竟夜。

十五日。廿日。星期五。大风一昼夜。天气骤寒，卅二度，冻冰。

十六日。廿一日。星期六。晴。冷。出城，晚廿八度。昨报载，前联军总司令孙传芳在津居士林诵经，竟被一女子用手枪登时毙命。该女人系前师长施从滨之女，名施剑翘，云为其父报仇。至其真情，则不得而知。愚意前数年各军阀为争地盘,彼此互战,同是一国军阀,既因争地起见,互有胜负,败者被俘,若无私仇,何必斩首,未免太过。彼时孙帅为五省联军总司令,军权极重,因意骄展威,生杀之权,出口即是军令,所以振其威权也。不料下台之后,以诵经为忏悔,终不能得善终也。至施女士既名为父报仇,题目固然正大,而相隔十年,亦可松懈。今竟为之,可谓君子报仇十年未晚,且看法庭如何审讯,如何办理。

十七日。廿二日。星期。出城,极冷。

十八日。廿三日。星期一。

十九日。廿四日。星期二。午后韩志斋送来大中钞洋七百元,并允稍缓时日,再送若干。今日将七百二折、四百一折,携去作销。

廿日。廿五日。星期三。午后到金城,将昨收之七百元存于往来折上,共一千一百元。

廿一日。廿六日。星期四。阴,地返潮,晚间或有雪。

廿二日。廿七日。星期五。阴,五老太太生日,往祝。

廿三日。廿八日。星期六。未出门。连日中日事件颇为紧张,然至今仍无准确消息。观报载不敢明言,大约难免开战。近因五全大会,所议各事,如不准用洋钱,只用法币,将天下之现洋积存中央,事实能否办到,殊不敢必。总之民国政策与人心背道而驰,所以人民无不怨恨政府也。

廿四日。廿九日。星期。报载天津忽有人民请愿游行示威,军警戒备甚严,所有三百多人请愿,经市府劝谕各散,然至今仍戒备也。

廿五日。卅日。星期一。殷汝耕立冀东廿二县自治委员会,已有通电。

廿六日。十一月初一日。星期二。国府命令宋哲元为冀察绥靖主任,何应钦为任行政院驻平长官。以前卫戍司令及军分会均撤销。殷汝耕革职拿问。此项命令虽出,各人是否就职,尚在考虑之中。

廿七日。初二日。星期三。今闻何氏不愿北来,宋氏亦不肯就职。又闻近日日军陆续来平者日数起,有驻丰台者,有在东单三条日本聚乐部者。政府对北方事至今无确切表示,仍以竭力对待为词,以致何、宋二人均不敢负责。若开战,登时地方即不能安靖,亦不敢定战到何时何处,人民即遭涂炭,终久未必能胜。若退让,政府不肯说此话,何、宋二人即招骂名,进退两难。难怪其不肯就任。然不就任,亦不了结,终久必出一途,不久总见分晓。愚见以现在国势,民众已无法挽救,若再遭战祸,更难生存。莫如仿东三省之例,和平退让,再与日本详商善后之事体。我虽退让,日本亦许相当之面子情,以对国民及各国也。

廿八日。初三日。星期四。国事仍无办法,何不来,宋不就,商患病,无人负责。下午哈尔飞听王殿玉,瞽者,拉唱学砚秋,并洋乐甚似其真,亦绝技也。下午阴,理发。

廿九日。初四日。星期五。出城。晚,阴。夜,雪。

卅日。初五日。星期六。早,隔窗甚亮,开窗一望,大地皆白,树枝堆雪极厚,又似树挂,盖先下霰,后改大雪,午后微晴,晚复阴。今日大局仍然沉寂,晚据无线电报告宋氏等哀告中央,刻已至山穷水尽之时,究应如何应付,据答云可以看着办一语。

十二月

十二月一日。初六日。星期。风,冷。

二日。初七日。星期一。晴,冷,亦仅卅度,尚未到严寒极冷之时。往年腊月内总有十二度或十度之日,至此程度,可谓北平至冷之气候也。今日闻何应钦已北上到保定,大约一半日可抵北平。闻政府之交涉方针,恐彼方未必能完全认可,恐仍须改定政策。此不过余之揣测,且看谈判若何也。姑志之,以观后效。

三日。初八日。星期二。

四日。初九日。星期三。今日下午,何部长由保来平,住居仁堂,自然有一番酬应。

五日。初十日。星期四。闻何、宋诸公详商时局解决，仍无确切表示。报载均含糊其词。昨午前后，日机有十一架飞翔上空，并放传单，闻系庆贺自治，晚间加紧戒备。

六日。十一日。星期五。今日午前，日机多架各空上乱飞，并闻有轰炸机之说。唯报登昨日宋氏赴西苑训话，并赴汤山沐浴。此话令人难测。此时正在解决时局最要之时，而宋氏反逍遥沐浴，不知又发生何等难题也。但观连日日机侦察，其局势紧迫可想。倘仍无确实办法，难免有自由行动之势也。

七日。十二日。星期六。到电灯公司访叔宏，晤谈。今日日机仅来两架，飞翔而去。

八日。十三日。星期。昨晚七时，忽起狂风，入夜尤猛。气候骤寒。今天竟日未止。晚寒暑表廿度，夜净可至十八度。每年总有此大冷两三次，甚有至十度以下者。午间全聚厚遣张月秋来还款五百元，当将大奶奶之一千折收还。此款当即交媳妇手，拟存银行。

九日。十四日。星期一。大风，奇冷。小二弟由丰台进城，至西直门，见有清华、燕京两校学生百余人要入城游行抗日，故此将西直、阜成两关闭，至晚人散始开。如此寒天，在城门外冻数小时，可谓无谓矣。

十日。十五日。星期二。仍大风，冷如昨，寒暑表降至廿度以下。今日北京大学堂有军警多人包围。街市检查行人，加倍警备。闻冀察委员会可望成立，因此学生反对及抗日。试问能有效果乎，所谓诚心捣乱也。

十一日。十六日。星期三。仍大风，奇冷。闻陕甘及江南北口外均有大雪，所以此间连日风冷。

十二日。十七日。星期四。今日仍寒气逼人，一连五日狂风，晚间寒暑表总在廿度以下，十八度。本拟出，前日因畏冷，未敢出门。午间浩如来，闻连日各大学学生均有抗日举动，因此军警戒备甚严，然此事非常久计划。又闻有英美备影，若果，则又出一番交涉，且关系极大。但愿此说不实。又闻今晚何应钦南旋,何果离平,则宋可入城。此次何来,仅将冀察政务委员会名目定成,以后之事甚多,自应由宋办理,不知前途若何。

十三日。十八日。星期五。仍是寒冷。

十四日。十九日。星期六。仍冷。

十五日。廿日。星期。晴,冷。自旧历十二夜起风,即大冷。

十六日。廿一日。星期一。半阴,寒气逼人。今日闻西直、阜成各门又关闭,和平、顺治两门亦关,仍是学生抗日爱国、倒宋等口号。此事亦须迅速解决,否则扩大,更难收拾。总之非将此破弄坏不算。而平市仍是极力进行测量地基等事,不过又要害民找钱,仍是搂钱政策也。今日叫煤,因关城未送到。

十七日。廿二日。星期二。大风。送到元煤三千斤。到德内,继三老太太接三。

十八日。廿三日。星期三。访月汀,未晤。到礼士胡同,祝叔鸿寿,送奶皮、黄油、面、茶。十句半归家,今日学生虽未出,风潮仍未平。本市政务委员会今日成立。

十九日。廿四日。星期四。仍风冷。

廿日。廿五日。星期五。冷。今年各省均大雪,以致此间连日风冷,十数日。如此间再下大雪,今冬恐无和暖之望。

廿一日。廿六日。星期六。狂风阵阵,奇冷非常,夜十六度。

廿二日。廿七日。星期。出城,买棉鞋,内联升。晴,冷。

廿三日。廿八日。星期一。晴,冷。

廿四日。廿九日。星期二。到金城。晴,冷。今年之冷,较比往皆甚。自十二夜起大风,直至今,无一天和暖。

廿五日。卅日。星期三。马洁臣请古铜金佛一尊。

廿六日。十二月初一日。星期四。到德内,继三之太夫人送库。今日尚不甚冷。

廿七日。初二日。星期四。汪鉴吾续弦,在英子胡同泉兴堂新式结婚，天尚和暖。自廿八日冬至起，连晴五天，气候稍转。今读报载交次[1]唐有壬在沪被刺，登时身死。前两月汪被击，至今未愈，且渐加重，今唐又被刺，于时局颇有关系。况又学生请愿，沪宁汉各处下戒严令，大有意味可寻。大约不久必有大变化，倘果开战，恐不止中日两国之事，或径牵连英、俄、美、满，在意中事也。

廿八日。初三日。星期六。昨夜忽起大风，今日狂风益甚。浩如今日在柳园嫁女，因畏寒，未敢前往。晚十点多钟，寒暑表降至十二度，若到深夜，当至十度以下，数年以来未见如此之冷。

廿九日。初四日。星期。冷如昨，十二度。

卅日。初五日。星期一。出城，买茶叶、酱羊肉。

卅一日。初六日。星期二。晴，稍暖。到无线电台报登记。

① 即外交次长。

民国廿五年(1936)

一月

民国廿五年一月一日。初七日。星期三。今日为致少如三十正寿，往祝，吃东兴楼，甚好，仍是干冷。

二日。腊八日。星期四。晴，冷。

三日。初九日。星期五。冷，发立爱山单挂号信，一角三分。

四日。初十日。星期六。晴，冷。晚耳内取出耳蚕一大块。

五日。十一日。星期。晴，稍为和暖，到姑太太家看视，给五十萨其马、钢炉。

六日。十二日。星期一。晴。

七日。十三日。星期二。午前，全聚厚遣张姓送还本洋八百元。此款前后按六成稍欠，共还洋贰千六百元，合亏洋一千八百元之谱，已将各折收回。今日还大奶奶五十元，姨太太贰百五十元，所余存四百元，存于金城，归日用一百元。此款前存金城一千一百元，今改为常存二年期，一千元，月息七元，来往存五百元，浮利七元五角，特记。

八日。十四日。星期三。晴，未出门。

九日。十五日。星期四。晴，早十点多钟财政局(验契潘绍九)派人丈量地基，查点房间，验看房契大致相符，唯于去春批契凭单载瓦房、平台、灰棚、游廊共八十九间房，系九十一间，系于批契后又添灰棚两间。至测量地基，去年平单所绘地图系五亩三分零，不知此次所测是否相符。至以后如何，此时尚不得知，大约既由官家费如许之力，万不能无所谓也。下午至保商银行代姨太太存洋四百元，二年期，一分息，半年取利一次。

十日。十六日。星期五。今早又来测量后院一段。

十一日。十七日。星期六。午后忽起大风，天色昏黄，极冷。哈尔飞听竹友《法门寺》，系送来红票，不便推却。坐客尚多，而除竹友外无可听者。

十二日。十八日。星期。晴。哈尔飞听王又宸《碰碑》，好极，与当年老谭神似，所谓真正谭派，比富英强百倍。大轴《盗魂铃》，仿汪大头，《朱砂痣》两句亦非常之好，但云仅能唱两句，若多唱，实无此气力也。

十三日。十九日。星期一。姨太太上坟，午后起风。

十四日。廿日。星期二。

十五日。廿一日。星期三。午前又起大风，非常之冷。今日扫房，尘土极多，扫除后格外清冷。

十六日。廿二日。星期四。昨又起大风，今日分外严冷，屋中洋炉都无暖气，晚九时寒暑表降至八度，若到深夜，当到五六度，此为近年罕有之冷也。

十七日。廿三日。星期五。今日风虽不大，其冷则异常。屋中水盆全冻，今年之冷，比那年都冷的加倍。闻两日冻毙之人，竟至四十余人。前日狂风凛冽，宣南司家坑大火，延烧木厂十八家之多。自午前十时起至下午六时方熄，更兼狂风水冻，施救不力，此亦苦人之一劫也。

十八。廿四日。星期六。冷，与昨同。午后又起狂风，下午往亚东理发。

十九日。廿五日。星期。

廿日。廿六日。星期一。晴，冷。风，未出门。今年市面穷紧太甚，关闭者约在数百家，其勉强支持者总在万余家。现由官方向各银行共摊五百一十万元，亦只能暂济一时，况借贷手续、押品、利息，亦极困难。纵使均合，约法三月归还，试问此三个月能办到？商号大者

在灯下穿白凤毛补褂照像,但不知能照好否。

十一日。十九日。星期二。天气晴暖,街上雪皆融化。自过年以后,此二日算是初次和暖也。

十一日。十九日。星期二。

十二日。廿日。星期三。连日天气回暖。

十三日。廿一日。星期四。出城。

十四日。廿六日。星期五。晴暖。

十五日。廿三日。星期六。晴暖。

十六日。廿四日。星期。昨夜落雪,八时止,约寸许。午晴。

十七日。廿五日。星期一。今日雪后极冷,风尖刺骨,到有威代姑娘收什表。

十八日。廿六日 。星期二。阴,冷。

十九日。廿七日。星期三。晴。

廿日。廿八日。星期四。自昨夜落雪,竟日霏霏,雪势甚大。晚冒雪到哈尔飞听小云、凤卿《金水桥》,极好。大轴《长坂坡》,小楼赵云固然是绝戏,然小楼年高,又因咳嗽不敢用力,场场均减去许多,远不如从前也。

廿一日。廿九日。星期五。一夜雪未止。又是一天。

廿二日。卅日。星期六。仍一夜大雪。又是一天。

廿三日。二月初一日。星期。仍是大雪一夜,竟日小霏。街道冻滑,行走颇难。到养马营祝寿,晚见星出,不知明日是否阴晴。一连四昼夜大雪,约已过尺,近十数年所未有也。

廿四日。初二日。星期。今日放晴。午间房檐滴水如溜。下午复冻,街上泥滑难行。

廿五日。初三日。星期二。晴。下午复阴。马路融化难行。油路大街人夫扫除,已能照常。唯僻巷马路,仍然泥泞滑人。闻被滑倒之人力车及行人甚多。气候严寒,一时不易回暖也。

廿六日。初四日。星期三。昨夜一点后又下大雪。早起,院中有四寸许，且系雪粒，落地黏滑，竟日未止，似此恐不能放晴。倘晴化，道路更难行走矣。

廿七日。初五日。星期四。晴，大风，极冷。

廿八日。初六日。星期五。大风，冷加倍，寒暑表十六度。

廿九日。初七日。星期六。仍大风，冷如昨。午后到有威取表，尚未对好。到养马营，路途受日而化，阴处仍冻。报载大沽口外海水冻冰，轮船不能入口，待救。此数十年未有二月封海口者。日本于廿二日早，一团青年兵官突然哗变，攻入各大臣私寓官邸，枪杀大臣。首相冈田启介、内大臣斋藤实、教育总监渡边锭太郎均毙命。藏相高桥是清、前侍总长铃木庄六受重伤，高桥年八十二岁，移时亦死。前内大臣牧野伸显生死不明。此次事变，大致为青年武官与老成重臣意见不合而出。此以后如何，尚不得知，非另组阁员不可。若从军人之意，则嗣后于各国均有关系。若仍用老成之辈，恐国内政局不安，不久必有相当办法也。

三月

三月一日。星期。晴，冷。报载日本叛兵未退，戒严。司令拟先出布告劝解。倘仍无效，决定以武力征剿，此乃正当办法也。今早做着急之梦而遗，连日大肠干燥，气道不顺，三日未解。今早费尽气力，仍未大解。又，昨日军警检查各大学校，至清华不服检查，以致学生军警冲突。结果虎头蛇尾，令军警和平办理，与其如此，当初即不必检查也。

二日。初九日。星期一。晴，风，冷。理发。今早大解。

三日。初十日。星期二。晴，风，午后住，仍冷。如连日畅晴，日光热力可以化雪，再有十天，或可回暖。大约月底当可撤火。历年九九完毕，尚有反冻之说，亦有实冻薄冰之时。今年恐完九后，冰仍不能全化也。

四日。十一日。星期三。

五日。十二日。星期四。到东安市场买戏篇，小梅《教子》、叔岩《搜孤》。

六日。十三日。星期五。到钟楼湾吊祭，访承之。由电话托致十，转托分行续存，求勿减息。

七日。十四日。星期六。到有威代姑娘取表，五元。廿次航空一彩零字，共得二元。晚，月之四围有五色彩云，名月华。

八日。十五日。星期。晴，风，冷。未出门。养马营老太太急用卅元，交范有带去。

八日。十五日。星期。大风，冷，未出门。下午五点阜成门外北礼士口住户因熬煤油，锅炸，巨响如雷，房屋失慎，伤人。

九日。十六日。星期一。到西单买物。

十日。十七日。星期二。晴。今日稍稍回暖，姑太太自新年后初次归家，送水烟、蜜枣、美国李子，作为补祝。

十一日。十八日。星期三。出城，到养马营。老太太归还卅元。

十二日。十九日。星期四。西单买物。今日九九完毕。

十三日。廿日。星期五。昨日完九。气候稍稍回暖。凡东西胡同，雪化冰开，泥泞难行。昨日阴天，午间小小飞雪，今早忽起狂风，天色昏黄，午后风势愈大，入夜倍猛，气候又冷，夜间定又结冰矣。今日小来子冒风回家去也。

十四日。廿一日。星期六。终日大风，比昨日稍小。昨狂风怒吼时长辛店京汉站机厂失慎，烧房八十余间，损失廿余万，大约其起火又有原故也。晚又取出耳蚕一大块。今日仍大风，冷甚。按往年完九后即不冻冰，虽有“九九无凌丝，反冻十八天”之说，然轻易不见。今年之冷，实为多年未有之奇冷。自冬月廿二日起，至二月十五日，此将三个月，一天冷似一天，从未缓和，此所谓少有也。

十五日。廿二日。星期。晴，暖。上九条访月汀，久谈。访叔宏，不遇。上月曾在叔宏屋内用电灯照像，服白风毛补褂、朝珠，因灯光未准，以致面部有黑影一片，神气颇肖，唯比本人面上似较苍老，顺便带回。今日为津市长萧振瀛二老双寿，在北兵马司演戏，据闻穷奢极欲。部下大小职员，竭力谄谀。因在春初，树木尚未发芽，用纸剪花叶，一片红绿中安电灯，仿照隋炀帝故事。本家预备中西回素五样，清真西餐福生，西餐撷英，中餐泰丰楼、丰泽园，清真西来顺、素餐功德林，大约均系有人公送。区区一津市长，竟至如此奢华，国若不亡，是无天理也。

十六日。廿三日。星期一。晴，暖。晚又起大风。今晚萧市长太公双寿，由无线电放送郝寿臣《醉打山门》、程砚秋《红拂传》、余叔岩《盗宗卷》。闻近日嗓音颇好，顷听此戏，唱念均好，偶有痰丝，不敢用力。若常常出演，可望复原。尚小云、谭富英《四郎探母》、《回令》，末轴杨小楼《落马湖》。时已一点多钟，大约草草了事而已。

十七日。廿四日。星期二。风，冷。

十八日。廿五日。星期三。半阴，仍冷。现已完九数日，北海冰仍未化。夜间水仍结冰。屋中火亦不能撤，大约须三月初十前后，或可撤火。往年非过清明，不能大暖。今年闰三月，仍须清明后方能和暖也。

十九日。廿六日。星期四。

廿日。廿七日。星期五。承之生日，送锅糕两包。蒋、冯、王、宝等多人打牌，一人枯坐，饭毕归家。近年来大家踪迹疏远，不解曷故。如今世事看起来非有势有钱，不能在世混事。尚有钱，人人赶来交往，若无钱，虽至友亦疏。如到穷苦之时，即无人认识你。可叹，可叹。

廿一日。廿八日。星期。星期六。

廿二日。廿九日。星期。哈尔飞听王又宸[①]《捉放》，唱念做模仿神似，比富英胜强数倍。以现在可与连良并驾齐驱。若论第一，仍须让叔岩。惜嗓音失润，前唱《盗宗卷》，好时真好，有时或气不佳，或

---

① 原文作“辰”，据文意改。

喉中痰阻，本人亦无把握也。

廿三日。三月初一日。星期一。金城存款二年期满，仍继续再存二年。利息仍旧。此颇不易，盖因近年又减息故也。

廿四日。初二日。星期二。出城。连日虽晴而有风，气候仍寒，早晚仍结冰，北海冰仍未融。一因有闰月，亦天气过冷之故也。

廿五日。初三日。星期三。老人曾云：当初有一年，三月三日带马连坡草帽。据想不定多少年有此一事。今年则仍寒气逼人。今早报载永定河河开，上流涌出冰块，有三四尺厚，一丈多长，拥起冰山一坐，高有三四丈，以致电灯分厂在什景山灯杆被压，电流不通，此真百年未有之奇闻也。昨晚东交巷增茂洋行失慎，延烧七号房屋，亦大火也。

廿六日。初四日。星期四。

廿七日。初五日。星期五。摇煤四千斤，二十二元。煤一千斤，共约五千余斤。到金城取百元。

廿八日。初六日。星期六。因阴天，恐落雨，收煤。

廿九日。初七日。星期。早十点上坟。天气极佳，十二点正行礼时，忽然起风，少刻即止，归家一点半钟。去岁初四日清明，初三上坟，归家亦一点多钟，旭弟跌倒厕所，因得中风不语，延至初七夜寅时逝世。转瞬周年，人事变迁，曷胜浩叹。

卅日。初八日。星期一。晚哈尔飞看小楼《艳阳楼》。此戏久未演唱，今晚演此，比前数年又要减去许多。然看其身段架式，自属绝妙。其换刀与花凤[①]春、青面虎对打，实在好看。人人所演之武戏，唯《铁龙山》、《挑滑车》与《艳阳楼》此三出，除小楼外，实无第二也。

卅一日。初九日。星期二。

---

① 原文作“凤”，应为“逢”。

四月

四月一日。初十日。星期三。狂风怒吼,昼夜不止。气候又冷。

二日。十一日。星期三。竟日大风,极冷。闻文侪昨日归来,午后往访,适值文侪来家,赶即归来。幸文侪尚未走,畅谈许久。鹤朋来,请少坐。同文侪均赴东城。是晚风势不息,电灯忽灭。约一点多钟,又放光明。九时又灭,至此时尚未复燃。今日公司改换新铜线,三股拧成,约有指粗,挂于新立洋灰杆上。或者因此之故,新线未包皮,恐有危险。

三日。十二日。星期四。访文侪,遇宝三,拟后日星期哈尔飞听王又宸《翠屏山》、《二进宫》,刻已购票。

四日。十三日。星期六。今日为儿童节,此之谓新词。北平向有同音之预兆,儿童节,亦同儿童劫,未识应否。以前凡有此等同音者,均有应验。今日廿一期航空头奖零八一九四五,得五字末尾。

五日。十四日。星期。请文侪、叔宏听王又宸《进宫》、《翠屏山》。芙蓉草潘巧云,贯盛习杨雄,茹富惠老丈,又宸石秀,珠联璧合,完整无疵。惜吵家后听客均起坐,所谓开闸,因此未能舞刀,可惜。叔宏约大美晚饭,甚好。饭后到文侪家畅谈,归时下雨,片时即止。土香泥润。今日又逢清明节,近名植树节,由市府长官亲自种植,年年均有此举,数年未见成林。兹更可笑者,阜成门大街两旁均种树,顷见所种之树,大者酒杯粗细,小者有手指粗者,尚有竹箸粗者,尚不知是何树,大约柳树居多。因柳易长,然须在河岸借水气,若市内大街,应以槐树为宜也。

六日。十五日。星期一。气候和暖。下午至北海一游,颇有春意也。

七日。十六日。星期二。阴,天气又凉。四外当又下雨。午后到金城。

八日。十七日。星期三。

九日。十八日。星期四。到白庙,闻文侪长春来电,催其速回,定明日起身。

十日。十九日。星期五。下午送文侪,晚九点开车,未送车站。后日星期,可到。连日阴天,仍冷。

十一日。星期六。未出门。

十二日。廿一日。星期。哈尔飞听又宸《教子》、《法门寺》。两戏皆非所长,以致平平。唯芙蓉草、妙香《悦来店》甚好。芙蓉草名赵桐珊,极好角色,惜年岁稍长,四十以外,然丰采仍佳,实为难得之人也。

十三日。廿二日。星期一。

十四日。廿三日。星期二。连日大恭结燥,今已四天。自昨日似可大恭而未下,今早仍滞。午饭后稍有活动之意,登厕用力而屯门不动,用胰子水滑下,又用十分之力,始渐渐而出甚多,登时大快而周身无力。因此未出门。下午理发。

十五日。廿四日。星期三。赴东城花园,补贺喜。访叔宏。今日回暖,仍有风,晚仍凉。

十六日。廿五日。星期四。出城。

十七日。廿六日。星期五。

十八日。廿七日。星期六。

十九日。廿八日。星期。大风,尚乔仲圆广寺开吊,因风未往。

廿日。廿九日。星期一。访月汀。

廿一日。闰三月初一日。星期二。

廿二日。初二日。星期三。

廿三日。初三日。星期四。午后到礼士胡同,代王四爷求再造丸。本拟顺路到北海,讵由礼士胡同出来,行至大学堂,回头见东南一片天色红黄,要起飓风,赴向西行,至景山时满天四围均是红黄二色,大风已起,土细如雨,赶即归家,则大风摇木,天色昏黄,灯光白色,至上灯后天色渐开,稍见清朗,风亦渐息。此等天色,从前亦偶有，不如今次之甚也。

廿四日。初四日。星期五。到金城、白庙。今仍有风，夜冷。

廿五日。初五日。星期六。

廿六日。初六日。星期。哈尔飞听王又宸、芙蓉草《乌龙院》。两名伶做戏毕竟不同，不让当年心培、桂凤，在现在可以首屈一指。次出《打渔杀家》，则不如心培远甚。近代当以叔岩第一，惜音哑不能唱，次则以马连良为第一也。竟日阴天，微微落雨几点。

廿七日。初七日。星期一。游北海。丁香正开。

廿八日。初八日。星期二。连日阴天，气候甚寒，想四外必有大雨。今年虽闰三月，各样花草如丁香、海棠、桃、杏等花均晚，至今尚有未出牙者。

廿九日。初九日。星期三。下午到公园，榆叶梅、梨花盛开。

卅日。初十日。星期四。午前到中美楼，铭幼之之子吴隆椿，号静萱，娶亲。天气甚好，今日始觉和暖。

五月

五月一日。十一日。星期五。本拟赴跑马场，因大风，未果。下午到中央银行中法储蓄会登记处给一登记书，照会单俱写清楚，寄至上海汉口路一二六号中央信托局中法储蓄会储户登记处，拟明日交邮局寄去。下午又是四围黄沙，狂风愈甚。八点落雨数点，风渐息止。

二日。十二日。星期六。早半晴，午后一点半，坐洋车出平则门，二刻到白云观，两点廿分到跑马场。游人极多，买扣豆三次，惜二次马票，五百四十，第一彩五百卅六，仅差三字。若早三人买得，即得四百廿一元，惜无此财运，其余均差尚远。四点一刻起身，进宣武门，到家五点一刻，走一个钟头。以路程计，四分一里，合十五里。午饭后，正拟起身，可巧姑太太又来，令人扫兴。前天来过，今日之来，出人意料之外，仅送四角。

三日。十三日。星期。浓阴，四围黄沙，如下土雨。气候甚寒，与昨天相差远甚。致氏昆仲嫁妹，在福全馆少坐，花轿出门，即往礼士胡同。叔宏感冒，在彼少谈。今日由福全馆往东下坡，车夫小崇脚底一滑，爬于地下，余在车内猛然向前一栽，幸而棚套放帘挡住，若打帘，必至摔至小崇身上。幸甚，幸甚。归家觉得脖项稍不合式，尚无碍也。

四日。十四日。星期一。阴，风。

五日。十五日。星期二。风，周身无力，咳嗽。

六日。十六日。星期三。风，仍咳嗽，身懒。姑太太又来整半日，晚饭后始走，终日无正言，全系无谓之话，令人听之生厌。面色灰青，嘴唇下垂，穷相毕露，真无可救也。

七日。十七日。星期四。到金城取利。前年存二年期，今日届满，提四百元，归来往。所余一千六百元，定期一年，周息八厘，月取十元零六角，特志于此。今日热风，气候暴热，风亦极大，盼雨甚殷。看来一时恐无甘霖下降。

八日。十八日。星期五。晴，暖。游北海，牡丹盛开，不如稷园远甚。近年仿膳不如从前，菜劣而价贵，而生意甚好。

九日。十九日。星期六。午后狂风，昨开廿二期航空，头奖一〇一五六四，落香港，姑有此一说，北平三奖三个。

十日。廿日。星期。暴热，亢旱。到东安市场大陆鞋庄购鞋一双，一元二角。晚狂风，九舅太太来，云国鉴清因吐血作古，殊出意外。七姑太太命亦苦矣。

十一日。廿一日。星期一。牙疼甚剧。

十二日。廿二日。星期二。牙仍痛，上西单商场。

十三日。廿三日。星期三。牙疼益剧，大便三日不畅。晚五六时微雨，至九点止，花木稍见绿意。惜雨太小，不济于事。

十四日。廿四日。星期四。到护国寺仁记土药店购凉州三两，七元。铺中仍有从前旧人，现在试办两三月再看。如有利，可长开，倘无利，即停止。

十五日。廿五日。星期五。到礼士胡同看视叔宏，近日稍好，脸面较瘦。晚阴甚浓，不知能下雨否。

十六日。廿六日。星期六。昨日在中山公园，黄炎开奖，头奖〇五五四七〇，余得末尾七〇小奖，日内再向永增询问，是否有此末奖。盖因各报所登，均以四奖为止，未登末尾七〇字样。

十七日。廿七日。星期。自夜二时滴滴微雨，天明时稍大，由早至上灯前，竟日未止。雨虽不大，时刻甚久，大约可得二寸光景。院中花木得此雨况，叶上尘土均净，盆莲将出荷叶。昨又加马掌，今又得雨，当然日见发芽生叶矣。气候极冷，重棉不温。

十八日。廿八日。星期一。气候极冷，重棉尤薄。下午理发。

十九日。廿九日。星期二。仍凉。黄炎券七〇，得二元。今已取到。到过几日再买，或仍可得大奖，亦未可知。

廿日。卅日。星期三。身体不适，未出门。晚落雨一阵，刻尚浓阴。若能下一夜，花木定见精神。

廿一日。四月初一日。星期四。大风，凉。

廿二日。初二日。星期五。瑞蚨祥买毛葛，做单衫。

廿三日。初三日。星期六。庆乐园听又宸《探母回令》，唱做均臻极顶，当年心培亦不过如此。又宸唱戏多年，均平平无甚佳妙。近来年老，嗓音圆润，唱做日日进步，实比富英胜强百倍。

廿四日。初四日。星期。风，雨数点。

廿五日。初五日。星期一。到瑞蚨祥取单衫。

廿六日。初六日。星期二。风竟日，原拟到公园看芍药，因北平祭胡汉民，在公园设祭三天，因此不愿往。

廿七日。初七日。星期三。早晴，午后两点，西北浓云四起，雷声隆隆，落大点雨湿地，旋起狂风，树枝刮断，大树俯仰，几几要倒，幸为时不久即止，雨过天晴。

廿八日。初八日。星期四。上公园赏芍，均为风虐，不如去年以多为胜，尚称大观。

廿九日。初九日。星期五。出城，到蚨祥取单衫，天暖。

卅日。初十日。星期六。晴，晚阴。

卅一日。十一日。星期。风。

六月

六月一日。十二日。星期一。风。

二日。十三日。星期二。索存五庆和堂嫁女，访胜四，陡起大风，飞土雨，落于衣上，全是泥点。入夜，风愈狂。

三日。十四日。星期三。风。到仁记询问禁止原因。据云不禁卖土，而禁开灯供客，昨过之翰传土店商人云，开灯一事太为矛盾，故而禁止。卖土一节，既收捐税，不能不准卖，须将土药二字去却，只用仁记字号，或代卖他物。外面不露土膏两字，仍可照常售卖矣。

四日。十五日。星期四。今日糊纱窗。又值姑太太又来。

五日。十六日。星期五。到礼士胡同祝窦大太太寿。

六日。十七日。星期六。到白庙访文侪，又访叔宏。

七日。十八日。星期。吉祥听小楼《艳阳楼》，又寿臣、小楼、丽芳《白龙关》。《艳阳楼》之高登，念白、身段与荡马，此可称三绝。无论何人，万不能及。

八日。十九日。星期一。访文侪。晚同访叔宏。顷读唐诗“八骏日行三万里”，八骏一名绝地翻羽，奔宵起影，逾辉超光，腾雾挟翼。

九日。廿日。星期二。蒸热。六点时浓云四[①]，雷电交作，落雨一阵即晴。晚又阴，不知夜间能再下否。

十日。廿一日。星期三。姑太太生日，祝寿。访文侪。

十一日。廿二日。星期四。狂风，燥热，寒暑表一百度稍高，院中如火烤。近日报载西南出兵，刻已证明中央仍以团结为词，早晚内

---

① 此疑脱一“起”字。

战，势难避免。而华北日又增兵，恐不久亦必动作也。

十二日。廿三日。星期五。热。访文侪。下午王妈忽病。

十三日。廿四日。星期六。热如火。本拟访叔宏，因热未果。至六点忽然狂风大起，西北黑云上拥，风逾猛，随后雷电交作，落雨一阵，暑气顿消。

十四日。廿五日。星期。热与昨同。九十八度，未敢出门。

十五日。廿六日。星期一。热加重，一百〇四度，昼夜一样。

十六日。廿七日。星期二。热与昨同，一百〇四度。晚六点西北浓云四起，雷电齐来，落雨两点钟有三刻，房檐流水。今年算第一次大雨，晚颇凉爽。昨日黄河开奖，两头奖均落北平，亦算兴盛，以后定发达。

十七日。廿八日。星期三。气候平和，晚风凉爽，继四爷柱臣近得神经病，竟于廿四日服毒身逝。自民国以来各旗人家家衰落而气运至劣者，莫过于麻花胡同继宅一家也。

十八日。廿九日。星期四。阴，天气凉爽。到西单一带访文侪，始知廿六日回长春。前几天因太热未曾走访，今知已回新都也。

十九日。五月初一日。星期五。是日十二点卅分日食，三点十七分复原。据报载如此，实际在水中观看，仅于日之东面少缺一零。是时有浮云掩蔽，光华不甚射目，仍为团圆一口轮也。前数口气候酷热，百度有零，自廿七傍晚雷雨一大阵，陡为凉爽。昨夜约在三点前后，忽有梁上人将东厢大少奶奶之夏衣廿余件偷去，竟不闻声响。五点王妈起床，见屋门大开，始知被盗。余云上屋将门闩退下出槽，未能开门，盖因将天亮也，当报警察，验道云系由北邻小器作房上而来，该铺于夜两点见墙上蹲伏一人，铺中人出院追，人由房向东而去，大约去而复返，遂至院中，现节夏至，天亮甚早，不敢久停也。

廿日。初二日。星期六。身体疲倦。华新电料行安设电铃，已备呼唤，较灵。外院西房仅有风门，今又添一单扇门，较为严紧。

廿一日初三日。星期。姑太太来。上商场买广协源粽子八个。

廿二日。初四日。星期一。

廿三日。初五日。端阳节。星期二。热。下午到北海一游，游人极多，人人驾小舟在水中荡桨，聊作龙舟竞渡。归家忽然腹泻约十数次，每次不多，幸腹不痛。夜间仍泄二次。

廿四日。初六日。星期三。早起，仍泻，周身疲倦无力，到汪逢春寓一诊，据云暑湿蕴结，中枢不调，脉细如丝，气分太弱，拟香温和中姜附等药，两剂可愈，愈后必须能食，方能复旧也。

廿五日。初七日。星期四。今日仍腹泄，且微痛，下红白冻似痢，亦有粪，共泄六次。叔宏来。

廿六日。初八日。星期五。早又泄。人倦。午后汪逢春来诊，仍用香温和中之剂，附片、鲜姜、吴萸等药。据云非此不可。若用凉药，则相左矣。且云愈后仍须服补药云云。

廿七日。初九日。星期六。今日稍愈。仍下四次，并不水泻，腹中有时胀痛。晚食尚佳，浑身无力。下午到邮局，发上海汉口路一二六号中央储蓄会双挂信一封，内中法储蓄会会券一份，收款回据六张，请求退会。自初六日夜微雨，北风，气候陡凉。前数日一百〇四度，今则八十余度，重夹犹单。

廿八日。初十日。星期。气候和平。到西单一带买药。今日见轻，仅早起例恭，并未下泄，唯仍无力，吃饭不香，后日拟再访逢春一诊。

廿九日。十一日。星期一。今已愈，唯食后仍不消。下午到护国寺仁记，理发。

卅日。十二日。星期二。半阴，天凉爽宜人。

七月

七月一日。十三日。星期三。半阴。晚浓阴被风刮散，落雨几点。到富泉堂，永铁山嫁女。

二日。十四日。星期四。自夜间阴云忽聚忽散，旋起大风，整整刮了一天。秋风如八月节后之风一样，此亦少有也。云四来求助，赴徐州，送其五元。

三日。十五日。星期五。购黄河彩票，收中央储蓄会催复函。

四日。十六日。星期六。到逢春医室复诊。泄泻虽愈，内里尚未清。晚腹胀虚恭，此非新症，盖有年矣。今方仍是附片、干姜、茱萸及理气、理脾等药，俟服二剂，再看如何。

五日。十七日。星期。午后二时阴云极厚，旋下大雨，约两点钟光景，满院积水，木叶葱郁。自春至夏，此为第一次大雨。

六日。十八日。星期一。仍密云满天，闷热，似仍欲下雨之意。

七日。十九日。星期二。半晴阴。今早做梦，着急而遗，浑身倦懒无力。

八日。廿日。星期三。竟日阴，游西庙。

九日。廿一日。星期四。到金城，保商半年息。今日郁热，是伏天之潮热，九十八度。

十日。廿二日。星期五。竟日微雨湿地，晚稍大。今接中央储蓄会复信并将原会单寄回，云不满二年者照章无款退还。此等章程及言词，实无理由可讲。试问存款者是否储蓄六个月，此十八元会中曾已收入，今退会者即将此没收，倘储户已入廿个月之会金，以三元计，亦六十元，若会金十二元，则二百四十元，似此退会者，或不明白之户及无处寻觅之户，大约不在少数，今蛮不讲理，先将中法储蓄会硬夺，不许你办，让我办，今已我办，又借词不满二年者退会不还款，天下真有如此不讲理之政府，竟至无人敢问，即或有大胆之人去函质问，大约亦不过置之不理可也。

十一日。廿三日。星期六。雨后天晴，凉爽宜人。访月汀。到东安市场购连良、小云《采桑》唱片，甚好。又有兰芳[1]新灌《全出玉堂春》，共三篇六段，非常之好，合五元四角。今日未买，俟有余钱，一

---

① 原文作“方”，据文意改。

准购买。此外尚有欲买者,《全部别姬》、连良之《法门寺》、李多奎新灌之《探母》太君,现在《探母》,自坐宫起至回令止,其中各人各段接连,亦可凑一全出。

十二日。廿四日。星期。上西单养马营。

十三日。廿五日。星期一。

十四日。廿六日。星期二。秋风,燥热。

十五日。廿七日。星期三。下午四点,黑云四起。雷雨一阵,凉爽宜人。今夏自二月起,无日不狂风无雨,近始得雨三次。然仍是风大干旱,树叶黄落,系为烈日所烤。去冬奇冷,今年又风狂日烈,树木均受伤,禾稼更无望矣。

十六日。廿八日。星期四。昨日黄河券开奖,头彩两个,〇五二八一七,又一七二八九二,余又未中,惜与二奖四字相同。余之号码一六六四〇六,二奖系一六三五〇六,虽中差二字,而相差远矣。自有航空券,已买过十八九次,虽偶得一二字相同,总未得过全号相同者。兹拟每月买航空、黄河各一张,究竟看看能得与否。大奖不敢奢望,如三四五等奖,或可有一希冀,亦未可知。总之如有财运,虽大奖亦能得中也。

十七日。廿九日。星期五。今日初伏。到西庙仁记。

十八日。六月初一日。星期六。亢热,一百度,未敢出门。

十九日。初二日。星期。早间闷热。午后比昨天尤甚,百度稍高。日下如火,尚有热风,三点后黑云拥起,旋刮大风,少时雷雨齐至,改换凉风,少刻雨止出日,旋又云阴,大雨倾盆,约一小时,满院存水,至七时止。今日星期。华乐小云,吉祥小楼,哈尔飞又宸,均是双出好戏,客坐必多,散戏时大雨虽过,小雨尚未止。人力车可以多要几文,车夫好时气也。

廿日。初三日。星期一。早九点,大雨一阵,下午大雷雨一阵,凉爽。

廿一日。初四日。星期二。天晴气爽,午后仍热。

廿二日。初五日。星期三。晴，下午又闷热。上东安市场，食经济食堂，竟经济菜，殊不佳。归时七点，见西北浓云又起，来势甚猛，忽起大风吹散。今日因前院厨房漏雨，已催之两次，木厂因天气晴雨无定，未来。今日瓦匠始来勾抹漏而西墙通煤铺之墙又塌丈许，明日方能砌墙。此等小工程每年均有，尚不定几次，总之约须在数十元光景。倘雨多，再有临街之大墙或塌丈许，尚须呈报工务局，种种麻烦，令人气闷也。

廿三日。初六日。星期四。到金城、有威、福德厚。傍晚下雨一小阵，凉爽。接秦向阳信，云存款久已提尽，尚有该号铺东林君尚欠数百元，拟向其索讨。

廿四日。初七日。星期五。晴。又挖耳蚕一中块。

廿五日。初八日。星期六。下午西北黑云涌起，旋被狂风吹散，畅晴。

廿六日。初九日。星期。下午游北海，荷花盛开，游人甚多。连日有人服毒自尽，顷见一女子，穿青绸衣，面色灰黄，坐在洋车上，后有巡警推车。正疑惑间，适遇王四爷华庭，据云昨今两日均有此事。适才所遇，乃送医院救治者，未识能挽救否。据余看来，似不至无救也。

廿七日。初十日。星期一。热，九十七度，晚爽。到滨来香买蛋糕，顺道商场一游。

廿八日。十一日。星期二。两日未大便，非燥，乃气滞也。

廿九日。十二日。星期三。热极，九十八度。

卅日。十三日。星期四。热甚，九十九度。虽有黑云，旋起大风吹散。

卅一日。十四日。星期五。早阴，微雨。午后一点，北方黑云涌起，隐隐雷声，既而雨势渐大，雷电交加，大雨倾盆，约有三时，满院积水，至五时始止，热气顿消。昨阅《实报》载三期三大贤颇有意味，特记之。北京老生可分三个时期，第一期张余程，二奎、三胜、长庚；二期汪孙谭，桂芬、菊仙、心培；三期余高马，叔岩、庆奎、连良，每一期均鼎足之势而归结一派独尊。有诗为证："二奎今日已沦亡，三胜由来没准常。若向词场推巨擘，个中还让四箴堂。"二期诗曰："大头踪迹已茫茫，孙处时常走外方。唯有谭家一金福，既称贝勒又封王。"三期："余君久病怵登场，高氏中年忽倒仓。若论天长与地久，看来只有马连良。登山涉水，如履平地，漫江过海，行走驶如飞。昼行千里见日，夜走八百不明。好马呀好马。"此段颇有趣味，故志之。

八月

八月一日。十五日。星期六。到谦绍益家道喜。访承之，少谈即归。近来承之交友疏慢，不解曷故，揣其神情，似为经济不似以前，故而节省，姑俟之。

二日。十六日。星期。下午七点前后，西南、西北浓云涌起，黑云、白云深浅相映，浓厚、轻重不同，更有蔚蓝之天光，少时黑云边际又有红云，渐渐变成火云，兼有黄云，共成黑白红蓝黄五色，转眼全变成红云，又变回黑云，非常美观，画图难仿。少刻雷电四起，落雨一阵，并不甚大，至夜渐晴，月光清朗，不知明日是何天气也。

三日。十七日。星期一。时晴时阴。下午雷雨一小阵。

四日。十八日。星期二。到仁记。晚十一时忽现月华，少刻即散。转瞬又聚五色毫光，旋散，不久又聚。连聚三次，亦颇罕见。不知主何朕兆。理发。

五日。十九日。星期三。今日为观音菩萨渡海得道之日。广济寺自遭回禄，于今八九年，经主持现明、显宗募化巨款，从新建造，殿宇宏敞，工程浩大，现已建筑完竣，定本日开光。请善公拈香，来宾甚多，预备素斋，极为丰盛。各大殿鲜花供奉，素食成桌，香烟缭绕，男女居士，跪诵《金刚经》。法器齐作，梵音宏亮，备极一时之盛。闻诵经三天，焚烧法船，超度亡魂，祈祷和平，救济人民劫数，诚佛大善举也。今日闷热，流汗。

六日。廿日。星期四。今日闷热之至，九十八度。余向来最少出汗，近两日居然满身透汗，甚于身体有益。今晚又挖耳蚕一小块。

七日。廿一日。星期五。今日大热。余素不出汗，今竟浑汗点滴。到金城，出前门，买黄河券一一〇一四四，似此等号码，仿佛像要得奖，姑且待之。至宴古斋少坐，定织烟口袋一个。到荣宝斋询问代作律诗二首，代写润费九元九角，未免太昂，只好罢论。

八日。廿二日。星期六。今早丑正立秋，热与昨同。午后至广济寺访博如，未遇，步至四牌楼路西聚顺和煤油庄，巧遇博公在此，当延至后面小屋，甚精致，在彼畅谈，并求其代做公度七十寿文，已允。代为做诗，代书，省事多矣。比琉璃厂南纸店觅人，价至廉矣。

九日。廿三日。星期。热如昨。下午到华宾园沐浴，特等房屋，清凉，价洋六角，修脚一角，茶资一角，浴后到养马营，续格生日，给二元。晚雷电，微雨一阵。

十日。廿四日。星期一。昨晚此处雨小，闻城南雨大。今日凉爽，晚凉风习习，大有秋意。俗语“一场秋雨一场寒，十场秋雨即穿棉”，所谓穿棉者，盖正式穿棉也。若余之畏冷，大约三四场秋雨，即须薄棉也。

十一日。廿五日。星期二。

十二日。廿六日。星期三。上东安市场，访叔宏。适值阖家均有事，叔宏为承之约去。余亦仍旧归家。晚院中清凉，左近必有下大雨之处。今阅报载，南昌六日晚下小雨，少时东北黑云四起，旋起飓风，大雨倾盆，风势之猛，为向来未有。刮倒房屋数百间，死亡人口不能记数。江中船只[①]遭难尤巨。纵报载失实，遥揣灾情，当不小也。

十三日。廿七日。星期四。出城。天气凉爽。晚九点小雨，至十点渐大，入夜淅沥有声。若能一夜不止，亦可与大雨相等也。

十四日。廿八日。星期五。

---

① 原文作“支”，径改。

十五日。廿九日。星期六。访博如。

十六日。卅日。星期。到荣宝斋。连日凉爽，大有秋意。

十七日。七月初一日。星期一。午后微雨，晚灯下写冯公度七十正寿征诗，送来诗笺系生宣，异常难写，勉强书就，几不成字体，聊以塞责。七绝四首，倩博如代作，录存于日记："事业文章超等伦，久钦先德重斯人。同庚同县还同巷，何幸叨居孟氏邻。""擘画鸿猷识见超，头衔鹤顶宠前朝。若吟乡哲三千首，翻愿崇邱再续貂。""化石桥头钜任膺，至今诸彦守规绳。忆开电学先声后，从此燕都实业兴。""肆筵鼓瑟玉尊倾，颂献南山本至诚。怪底光辉临我屋，连宵东照寿星明。"

十八日。初二日。星期二。昨日一夜细雨，今又竟日淅沥，至夜仍雨，天阴益浓。明日仍恐难开霁也。

十九日。初三日。星期三。畅晴。到蚨祥买衬绒，三毛一尺。新陆春定菜。

二十日。初四日。星期四。媳妇生日。姑太太、姑奶奶全来。天气又热。

廿一日。初五日。星期五。晴。换领无线电凭证执照。

廿二日。初六日。星期六。访月汀，晤谈甚畅。

廿三日。初七日。星期。晚哈尔飞戏剧学校《天河配》，甚为热闹。武戏《百草山》，武把亦紧凑。

廿四日。初八日。星期一。到金城、仁记。

廿五日。初九日。星期二。

廿六日。初十日。星期三。今日为康宅房租之日。据云现拟于八月赴川，此月房租住茶钱[1]。康宅自租住已七八年之久，租款向不拖欠。似此房客，实属难得。今既拟赴川，此后不知尚有好房客否。倘不能速租，又须损失房款，即或有租者，又不知是何等人，种种伤财

---

① 住茶钱为预付之一月房租，退租时可抵最后一月的房租。

费事，盖亦气运使然也。

廿七日。十一日。星期四。自近年忽又祀孔，恢复旧道德，邀买人心，硬将圣人生日，改为阳历八月廿七日，岂不大可笑。上西庙，看练武技。一青年耍流星，练醉八仙拳，功夫甚好。似此卖艺之人，固乏真实本领，然既能在街市大众前献技，当然亦应有可观之处。以此糊口，亦不易也。

廿八日。十二日。星期五。

廿九日。十三日。星期六。早九点，上茔地。今年夏令雨水太小，沿路均是干地。向来坟地东大道均是存水，非八月方涸，今则全是旱地，禾稼虽成，不过对成而已。上月又落冰雹极多，大有核桃光景，伤损不少。此乃京门左近一带也。

卅日。十四日。星期。上养马营，甫进门，大风忽起，飞沙走石，冒雨而归。仅湿地，而他处则大雨。

卅一日。十五日。星期一。中元节，北海天王殿大开追悼会，唪经烧法船，超度阵亡将士。宋哲元亲诣致祭。向来官方过阳历，不认阴历，虽孔圣人生日，均硬改阳历八月廿七日。今阴历中元七月十五日，而官方又用此日，未免于政体上矛盾，好在政令无一处而不矛盾，不只十五日也。

九月

九月一日。十六日。星期二。天气又连日燥热。前日下午四时，虽浓云四起，旋为大风吹散，此间仅湿地而已。

二日。十七日。星期三。梅兰芳夫妇由沪飞来。

三日。十八日。星期四。

四日。十九日。星期五。连日闷热。

五日。廿日。星期六。热甚。访月汀，未晤。到浩如家，亦未晤。又访叔宏，将归。少时承之来，鹤龄亦到，致九亦来，坐谈甚快。本拟托月汀买戏票，竟无票可买。每正排八元，如买，须十元，可见小梅之势力也。回家时一路仍不凉爽，至后半夜，始点滴落雨。

六日。廿一日。星期。昨日竟日大雨，沟浍皆盈。因连日闷热太甚，必有大雨，此时虽晚，究较不下强，况一天大雨，有时如泻，在今夏尚为少见也。

七日。廿二日。星期一。姑太太来。云嘉民已保释。

八日。廿三日。星期二。阴雨数阵。昨晚第一台义务戏，马、尚《打渔杀家》，程、王《武家坡》，梅、杨《别姬》，可[①]戏可称绝响。前晚《甘露寺》、《回荆州》，均工力悉敌，凤卿虽好，实在勉强吃力也。

九日。廿四日。星期三。到仁记。

十日。廿五日。星期四。

十一日。廿六日。星期五。理发。昨会贤堂王绍贤为太夫人七十正寿演戏，有杨、梅、余三大件，因之贺客太多，几将该堂毁坏。人极拥挤，恐出事端，临时停演，此为向来所未有也。

十二日。廿七日。星期六。访月汀、少如晤谈。托月汀代购戏票，不知能得佳坐否。

十三日。廿八日。星期。取耳蚕一小块。

十四日。廿九日。星期一。

十五日。卅日。星期二。

十六日。八月初一日。星期三。黄河头彩二个，〇三三一八四、一三八五七四，此次又未得中，凡买奖券者，实乃财运，并非迷信也。余自吕宋票买起，数十年百余次，从未得过整号码相同者一次，足见其难万分也。

十七日。初二日。星期四。今日为冯公度七十双庆，在织云公所演戏做寿，来客甚多，座无隙地，戏亦甚好。有程继先、朱桂芳、范宝亭、许德义、张云溪《蔡家庄》，此戏近年罕见，盖因角色难齐。今全聚一出，故特别精彩。此外小云、妙香、富霞、春彦、春山等《奇双会》，

---

① 按：原文如此。

尚和玉《四平山》，大轴为王又宸、尚小云等之《探母回令》，因时刻已晚，腰疼不能久坐，归家已十二点半矣。

十八日。初三日。星期五。今为九一八记念。夜十一点，果闻得西南方炮声六七响，不知何故。明早阅报，当有所知也。

十九日。初四日。星期六。昨夜炮声乃日军夜操，盖有意寻事，今系九一八记念，日军特夜操，以为庆贺也。本晚驻丰日军与廿九军驻军防丰台之军因误会而起冲突，经双方调解已照常矣。

廿日。初五日。星期。午后遐厘来代亲戚看房，恰有与康宅相识之叶君亦来看房。而遐厘已代该亲定准，俟明日即接洽一切手续矣。此事如成，就真大好事。无论租多租少，一则不空闲，一则因亲及友，当系好房客也。

廿一日。初六日。星期一。晚姑太太又来要钱。

廿二日。初七日。星期二。今送姑太太二元，以济法院之急，所说如此，各家集股。据云已有卅元。此话确否，正未敢必。为人说话，第一言而有信，第二半信半否，今姑太太所说之话，全是虚言诈语，无一句可信者。

廿三日。初八日。星期三。祝月汀寿。访叔宏。阴凉，秋分。

廿四日。初九日。星期四。到金城取款百元。

廿五日。初十日。星期五。朱八爷日前看房，已看妥留下。据云代亲戚租房，前日有两位堂客来看，未加可否。据朱宅仆人云，伊家姑太太不准租用。朱遐厘既云留下勿租他人，而至今仍未来接洽，不知是何意也。余近年凡事均不能当时如意，总是蹭蹬，盖亦运气使然也。近数日外间消息不见好，自广东、四川两处打死日人，本已有所藉口，而又有汉口租界之打日人，昨上海又有暴徒击毙日海军陆战队之军人数名。闻上海已经戒严，北平九一八又有丰台中日军人之误会。虽然无事，以后各处恐仍难免再有此类事件，现正不知如何交涉也。

廿六日。十一日。星期六。

廿七日。十二日。星期。

廿八日。十三日。星期一。吴丛桂嫁女，在天丰堂，未能去。

廿九日。十四日。星期二。连日伤风，咳嗽，吐痰。

卅日。十五日。星期三。半晴阴。日前购得杨小楼、梅兰芳合演《别姬》，六篇共十二段，声调悲壮，不同凡响。除此二人，他人万不能及，可称绝调也。晚晴，月色甚好。踏街。

十月

十月一日。十六日。星期四。夜间又咳嗽、吐痰。日间尚好。到养马营、西单。

二日。十七日。星期五。大风，未出门。日前王念岚之如夫人来，云念岚现在又病，又为腾房之事而来，定于十七日迁出，令我派人收房，至于欠租一节，因境况甚窘，尚望多为原谅。当答以先交房，再议欠租，必然相让。今且不谈本日已十七日，据云今日来不及，明日再移，且看明日如何。大约此次或不至拖延也。闻王先生近年气运坏极，盖亦自取之也。

三日。十八日。星期六。到东安市场小食堂洋餐，晚访承之，适叔宏亦在。少顷致氏昆仲同往畅谈。

四日。十九日。星期。王先生车房今已腾净。此房自前年八月迁入，仅按日付两月房租，以后即支吾拖延，至现在八月，整欠一年零一月，合一百五十六元。自今年即分文未付，亦不迁移，实在无法，始与铺保交涉，仍是支吾，无办法，唯有起诉一法。适因该开车人亦拟不开，不知伊等如何办理。始将此车归他人，所占之房亦交出，此后再交涉欠租，尚不知能办到何地位也。今日星期。洋人赛马，本拟前往，适姑太太又来，因此败兴未去。记得春季亦是将要前去，姑太太来，前年亦是如此，甚可怪也。

五日。廿日。星期一。夜间、早晨又咳嗽甚剧，到逢春处一诊。据云稍受时邪，一剂可愈，后尚须治胃经湿痰为要。

六日。廿一日。星期二。王先生腾出群房，今有三义公铺长孟庆泰租妥此房，拟住家带开劈柴厂，由孟姓呈报营业，每月十元，房捐彼担任。八间房，一间灰棚，租价合中。若散租，亦不过十二元。今租一家，似较整齐。唯花园之房，遐厘既定，至今无信，令人猜测不透。俟再待数日，且看如何。

七日。廿二日。星期三。到金城、仁记，天和木厂瓦匠收什群房。

八日。廿三日。星期四。

九日。廿四日。星期五。今早前院房客康太太回重庆，早九点起身。伊家在北京住居廿余年，物件极多，此次回重庆，系伊小叔二老爷屡次来信催促。今不得已，始起行。临行所遗之物甚多，虽无重要之物，若购买，亦颇不赀，今竟弃之如遗，为其已用过之仆人纷拿去，甚可惜也。康太太之为人喜聚，因此女友甚多，终日酬应。议准回重，即应将各物检查，何物带走，何物变价，何物送人，何物赏下人，有此半月，即可办理清楚。今七乱八糟，匆匆就道，以致如此也。①

十日。廿五日。星期六。今日为双十节。即辛亥九月十八日，民国之庆，清国之难也。是日未出门，收什康宅所遗之烂纸，并令瓦匠勾抹地砖，收什不整之处。

十一日。廿六日。星期。晴。下午起风，不久恐要变天。昨日双十，街市甚热闹。宋委员长阅兵。下午在怀仁堂演戏，请外宾，戏甚好。是名角均有，可称难得之机会也。杨小楼、余叔岩、马连良、谭富英父子、王凤卿、梅兰芳、程砚秋、尚小云、荀慧生、小翠花，其余二路角色亦全。

十二日。廿七日。星期一。

十三日。廿八日。星期二。访月汀。

---

① 此日天头补记："康二老爷住重庆柴家巷卅五号康公馆。康三老爷住重庆领事巷十号康公馆。"

十四日。廿九日。星期三。

十五日。九月初一日。星期四。

十六日。初二日。星期五。午前天气甚好,正午忽然起一旋风,尘土飞扬。自此风势愈来愈猛,气候亦陡然而冷,明早恐冻冰也。

十七日。初三日。星期六。昨日狂风,一日半夜,今日仍冷。

十八日。初四日。星期。出城。

十九日。初五日。星期一。[1]

廿日。初六日。星期二。

廿一日。初七日。星期三。

廿二日。初八日。星期四。

廿三日。初九日。星期五。今日为重阳,例有登高之雅事。下午一人独游北海,拟登小白塔,又恐腿力不佳,于是缓步拾级,竟至塔台,但觉气喘。适遇观民亦至,在竹椅少坐。又来二老者,前者身矮而肥,后者高而瘦,一吴一常。当询吴年岁,则七十有九,实令人惊讶,身高者七十,与余同庚,其形似较余老。不想同时三老登高,亦甚巧也。

廿四日。初十日。星期六。天气晴暖,饭后同老妾赴跑马场扣豆,各送六元,心气和平而归。

廿五日。十一日。星期。

廿六日。十二日。星期一。上东安市场,访叔宏。

廿七日。十三日。星期二。理发。

廿八日。十四日。星期三。上西庙。

廿九日。十五日。星期四。

卅日。十六日。星期五。早起,大风。

卅一日。十七日。星期六。

---

① 此日天头补记:“发文侪信,长春长通路满洲报社楼上。”

十一月

十一月一日。十八日。星期。今日赛马，天气甚佳，因祝墨老太太生日，未能前往一赌。

二日。十九日。星期一。初冷，收花。

三日。廿日。星期二。晴，暖。出城，售金零碎九钱（一百〇三）[①]。

四日。廿一日。星期三。

五日。廿二日。星期四。阴，微冷。午后至金鱼胡同，绍幼琴娶儿妇，道喜，唯幼琴因病不能见人，贺客不多，少坐即归。

六日。廿三日。星期五。大风，未出门[②]。

七日。廿四日。星期六。午后一点钟，忽然余之心爱之翠嘴汗烟袋带白玉片坠蓝丝线烟口袋全分忽然不见。当时余即知此被窃，心疑之人将走，此物即不见。余即坐车到廊房二条宴古斋告知，请转各玉器铺留意此物。因此翠嘴甚佳，未免可惜。自此家女仆众口纷纷，口舌即起，拟明日请一圆光者一看。

八日。廿五日。星期。到什锦花园廿九号吴效先处，当日请来，因看光之童子颇难，寻觅各处，始找得一童，试之，不通光。天晚，只好明日再看。

九日。廿六日。星期一。午后吴君来，幸带一小儿，令其看光。据云见一女人，细高身材，穿青色衣，近屋在柜旁旮旯，将此烟袋摘下，藏衣内腰带下。即出屋，顺廊沿而走，又少时，坐洋车向南。又令其再看，此人将此物卖于绒线□西口外和顺长记，见其手中拿有洋钱票一小搭，均系一元者多，五元者只有一张。至此即退光复旧。据其所云，即系大家所疑之人，此人是谁，即姑奶奶代格是也。此女自出

---

① 原文为记数草码。

② 原文无“出”字，径补。

嫁后，将英叔清一家妨死，至无家可归，原本可怜之人，唯其性情行为，一无可取，且即可恨，屡次偷盗，故此次又因为帐主各处逼迫，又出此偷盗手段也。至此嘴将来复回，须缓缓寻觅，能够买回更好，更好。

十日。廿七日。星期二。烦马洁臣到和顺长记询问日内曾否收买翠烟嘴代杆兰线烟口袋白玉片全分，据云未见此物。据余悬想，该铺纵然收买，亦未必肯认。又该童所说之话，是否真实，亦难悬揣。圆光之事，究竟虚杳，而所闻某家某铺，曾因失物请圆，均系灵验非常，亦有借此得回原物者，亦时有此事。据余意料，此物确已丢失，且非普通之物，将来或可能见，亦未可知也。

十一日。廿八日。星期三。到养马营。

十二日。廿九日。星期四。昨杰臣来电，据已询问和顺长记，云并未见此物，按理想该铺既买得便宜之物，当然来路不正，决不肯认。倘认，恐有后患。此人情之常也。此物一时恐不能出现，俟稍待或可有望，亦未可知。今日狂风，未出门。

十三日。卅日。星期五。出城，到宴古访询，仍无消息。此物一时恐不易出现，唯思人之无良，一至于此。此女自幼抚养，内子非常疼爱，及至内子病危，亟思一见，派人至海甸去叫，竟自不来。余待之因无特别怜恤，亦毫无恶感，何至一再偷盗，尤其偷此烟袋，实非人意想所及，真令人可恨可气也。

十四日。十月初一日。星期六。晚哈尔飞谭富英《南阳关》、《打渔杀家》。近来做戏益慌，除一条好喉音外，一无可取，或将来年纪稍长，或可稳重也。看其戏，令人心忙，最可乐者，教师叫门时，萧恩未开门即打出去，岂不可笑。归家后两点即落雷，次日早起，始见满房满树白雪，约有二寸。

十五日。初二日。星期。未出门。

十六日。初三日。星期一。昨黄河开奖，又未得中。

十七日。初四日。星期二。继槐三在会贤堂办喜事，娶儿妇，道喜。到礼士胡同窦大太太道定儿妇喜。

十八日。初五日。星期三。上西庙寻圆光者，居然有两人，拟请，价洋六元。此人既在庙中设摊，当然一套生意口，不如吴效先文雅，至于是否真灵，似是疑信参半。

十九日。初六日。星期四。天气甚佳。昨夜又咳嗽吐痰。今早起，周身无力，疲倦万分。未出门。晚较好。

廿日。初七日。星期五。

廿一日。初八日。星期六。大风。上姑太太家道喜。

廿二日。初九日。星期。今日小雪，初冷。上商场。

廿三日。初十日。星期一。连日身体不爽，仍是咳嗽吐痰，周身无力，懒于行动。

廿四日。十一日。星期二。到仁记。闻知绥北战事不甚得力，名为匪军，实乃有纪律之军队，而且枪快炮利，飞机、坦克俱全，背景[1]可知，但不承认也。

廿五日。十二日。星期三。

廿六日。十三日。星期四。今日阴，大风。未出门。报载中央军到绥赴前线，将百灵庙攻下占领。各报喧传，大言不惭，真不知羞耻。攻下百灵庙并非千古奇闻，当初百灵庙何时被人占领，人皆不知，今复夺回，亦军事中常有之事，何至兴高采烈，大话滔天，读之令人肉麻。若果与日开仗，打一胜仗，日军完全退却，若果有此事，又当如何吹牛也。然不过偶作此想，事实恐不能果有也。

廿七日。十四日。星期五。到瑞蚨祥换葡萄狄皮袄面子。原送去之绸面不够，非买新面不可。此绸缎之向来恶习也。

廿八日。十五日。星期六。到西单养马营。前天北平阴天，刮风，天津落雪，亦不大。日内此间或亦可望有雪。节逾小雪，尚未见大冷。预料冬至后，恐仍照去年之大冷也。

---

① 原文作“影”，据文意改。

廿九日。十六日。星期。薄暮，朱六介绍来人看房，未定。

卅日。十七日。星期一。风，昨阴，早微雨。

十二月

十二月一日。十八日。星期二。昨晚西方忽闻大声响二次，不知是何声。今日报亦未登。

二日。十九日。星期三。风。

三日。廿日。星期四。风。

四日。廿一日。星期五。风，极冷，街市冻冰。晚又取耳蚕。

五日。廿二日。星期六。晴，冷。到养马营。昨夜坟地又有人前去挖坑，在耆二老太爷左近，幸有挖成[①]。据云闻有巡警经过，因此逃走。今令范二回家，托本村东口有骑车队警就近照料。自大前年曾被匪人抱挖数坟，有见棺者，有仅挖一坑者。自更换西郊林署长，严拿盗匪，甚为敛迹。今又有此，想为饥寒所迫，铤而走险，此次因情形甚微，故未报案，且看以后如何，再作办法。

六日。廿三日。星期。晴，晚寒气逼人，廿六度。访月汀。

七日。廿四日。星期一。到瑞蚨祥取换面。又棉裤一条，共洋十四元二角。

八日。廿五日。星期二。晴，清冷。

九日。廿六日。星期三。晴，冷。晚间忽然音哑，想系内里积热，外为寒气所逼，以致音哑无音。

十日。廿七日。星期四。到仁记。正值在后院屋中煮烟，用煮大土法，接使用炭火烤之，一层一层起下，放于冰水内再研，研细过笼，明日收膏。此膏名之曰冷笼烟膏，其细无比。唯损失太大，每百两仅出五十两，故价值亦比普通烟膏较昂。盖亦为有钱好奇之人买之。

---

① 据文意，疑应为“幸未有挖成”。

十一日。星期五。风。养马营五老太太生日祝寿。今早段执政祺瑞灵榇由南来平，沿途致祭，自东站八十人杠红缎大罩绣佛字，仪仗无多，只松活全分、纸花花圈、乐队等，进正阳门，出西直门，因天晚，在广通寺停一夜，明早至卧佛寺停灵，候国葬。

十二日。廿九日。星期六。晴，暖。今日仍音哑。

十三日。卅日。星期。今早报载，昨日十二日，西安张学良挟持蒋介石，发通电叛变，主张推翻政府。霹雳一声，令人惊骇。此番举动，尚不知意之所在。无论如何，国内必然不安。各省亦不知若何应付。

十四日。冬月初一日。星期一。到东安市场，访叔宏，九点归，闻有无形戒严之说。

十五日。初二日。星期二。早，阴。午后飞雪。下午雪势霏霏，铺地寸许。入夜仍未止。理发。

十六日。初三日。星期三。午，晴。起风。七姑太太由津回平，暂寓悦九太太家。十秃名志刚，现考取军官学校，驻南苑训话，两年毕业，可派小军官。今日报载西安事件，蒋现在张之私第楼上，尚安全。其余各事，多系想揣之词。闻电报已通，从此消息可以灵通。然此事究竟应如何解决，一时恐难实现也。

十七日。初四日。星期四。晴，雪后不寒。昨日中央颁讨伐张学良命令，何应钦为总司令，据精神过敏者揣测，既下讨伐令，恐蒋长有危险之虞，此亦不为无见。而报载张之屡次电，均谓定保委座安全。然此等事以前曾屡见，然均不可信也。再待数日，当可见准确之事实也。

十八日。初五日。星期五。午后忽然发冷。少时益冷，知系感冒。又腰酸，当服桑叶菊花等。夜间少汗。

十九日。初六日。星期六。今日已好，但觉得疲倦，食物不香。

今报载蒋乃[1]文由西安回洛，并携有蒋之亲笔书，内言星期六可以回洛，并嘱在未归以前，万不攻击轰炸，不知此信确否。但看蒋公能否如期出险，或系小张缓兵之计，均未可知。

廿日。初七日。星期。天明忽起大风，午后即止。气候骤冷。下午赴庆和堂祝铨慈平六旬晋一寿，演戏曲学校，戏甚平平。一出《梅玉配》，由三点上场至六点始完，实在腻人无味。其除如《打花鼓》、《荀灌娘》，均不佳。仅王金璐《夜奔》尚好，然一人苦练苦唱，又傅德威《金钱豹》工夫甚好。因天气太冷，罩棚内虽有火池洋炉，究属敌不过寒气。十点多钟即归家。又小着凉，一夜冷烧，至次早始愈。

廿一日。初八日。星期一。今日天晴，稍为回暖。一天未出门。报载蒋仍无出险准期。据闻宋子文已飞长安，尚有他要人亦拟赴西安晤蒋。此话确否，正未敢必。据余之揣想，蒋恐不易回京，将来必须要大战一场，人民遭劫，在所难免。若能仅在陕甘一带交战，不牵动他省，即算万幸。至现在蒋是否安全，亦令人疑惑不定也。

廿二日。初九日。星期二。今日巳刻冬至节。晴而不甚冷。蒋仍无回京消息。据云蒋夫人亦飞西安晤蒋、张，不知此话确否。近日报纸竟登陕事，绥远之战事若何，均未登载，令人闷闷。

廿三日。初十日。星期三。赴西砖胡同法源寺，端仲纲开吊。来去客尚不少，挽对不多，以现在人情而论，尚不至冷落无人。今日各报所载，与前无甚差别。唯有南京各娱乐场均停止三天，似在安全上稍漏一点光线，令人各自会意。

廿四日。十一日。星期四。到仁记。

廿五日。十二日。星期五。晴，暖。晚十点广播无线电传本日下午五点卅分，蒋委员长由西安三点乘飞机，同夫人宋美龄、端纳起发，五点半到洛阳。全国闻信，皆大欢喜，事前并无信息，今竟平安出险，人人庆幸。蒋居西安整两星期。此番风波，实出意想之外。今又

---

① 原文作“乃”，据文意应为“鼎”。

平安回洛，尤令不解。此后当如何处理，料想必有办法，且看以后如何。

廿六日。十三日。星期六。各报均载蒋抵洛情形，闻今日已回南京，前阅杨云史致张学良电文甚好，兹特录之，其意略谓：昔章邯大战，关中以君主突遭变故，尽降于楚，秦遂以亡。岳飞大战金兵于外，而政见掣肘于内，号泣班师，河北遂久沦金邦。圻读至此，未尝不掩卷而叹息。今公之事，何以异此。近数年来，蒋公勤劳艰苦，功绩昭垂。最近边事得手，势如破竹，当世之时，虽与蒋公政见有异者，亦莫不思力助一臂。圻方恨中国之太大，蒋公之太少，方祝蒋公健康而忧蒋公之难继。岂料祸起萧墙，出之于公之手哉。夫天下至大也，国事至重也，岂可以儿戏出之。日来绥远前线效命将士闻此恶讯，皆负枪南向而哭，谓我辈不惜捐躯，宁料国家不幸至此哉。人心对蒋公如是，对公当如何哉。公当沈变之后，颇不见谅于国人，复不见容于敌国，所恃者，蒋公一人耳。信公倚公，使公得以自见。近年名誉大起，称道不绝，于社会知民之好恶，公道犹在也。今若此是公自坏长城，将何以托于中国。且人生不过百年，所不虚生者，功业名誉耳。公素以忠孝爱国自期，忧患饱经，春秋鼎盛，今若此是自染素丝，将何以自托于青史。公，智者也，必不至此，圻恐公亦已失自由，未可知也。今所望于公者，请从全国人心，力救蒋公出险，必须知蒋公生命安全一日，则公亦安全一日。苟一旦无蒋公，亦即公之末日矣。至于圻与蒋公生平既未一面，尤非国民党员，而于公则深抱知己之感，相从七年，未尝报称。今兹之事，公论难避。如不悔祸，公亡无日，深怨痛惜，不能涕泣而陈，以冀挽回万一。诚以中国今日一日不可无蒋公，此非私言也。国难如此严重，边功方报大捷，倘因此乱政府之方寸，壮奸宄之野心，堕将士九仞之功，陷国人万劫之地，则中国必由公铸一千秋大恨。悠悠史笔，公将自居何等。今全球惊愤，全国骇怒，责言鼎沸，公固远莫得闻。传曰众怒难犯，圻固急不择言，语多戆直，忆公昔尝勖我以魏徵，故特恃私谊，尽其愚忠，愿俯听一言，容纳众劝，无使为亲厚者所痛而为仇怨者所快,不胜急切,祝祷之至云云。此文虽冗长重复,总属痛快淋漓,故特记之。

廿七日。十四日。星期。晴,暖。小二弟来,晚寓外院。

廿八日。十五日。星期一。晴。到姑太太家补贺弥月喜。今报载西安随蒋官员全数回京,小张亦来京候训。

廿九日。十六日。星期二。早九十点钟三环套日,日光外有圆晕一圈,此圈外又一大圈,如常见之风圈,在外之南北又有白云各一圈,分外明亮,大约东西亦必有,但未看见。尤奇者大圈之外,又有一大圈,看系半个在北面,此亦天空之少见者,惜乎未必人人皆看见也。陕事大致可以结束,此事之内情真容,实令人难测也。

卅日。十七日。星期三。出城,到宴古。今报载昨日天空呈异象,按外洋天文学术议论。若照中国古时天文家所论,似此不常见之异象,定主吉凶祸福,或所关者甚大,皆不可定也。

卅一日。十八日。星期四。到养马营。正值请郑英甫大夫给姑娘治不能稳睡之症。此公卅上下,人极精明,且系世传,据云上两辈均在太医院当差。此人既系家学,观其方按甚为平稳,若加经验,可称良医。

民国廿六年(1937)

一月

一月一日。冬至月十九日。星期五。晴,暖。下午访月汀。街市彩牌,人亦较多,颇有新年气象。各处均开放,故宫人甚多。取耳蚕一块。

二日。廿一日。星期六。半阴。今早又大嗽,吐痰。竟日身体不适,吸烟无数,仍如未吸,不知何故。自昨日起在怀仁堂连演戏五天,除叔岩告病,各角均有戏,甚好。

三日。廿一日。星期。沙井胡同钟四爷娶儿妇,在庆和堂,天气甚佳。近日余身体总觉不适,气弱懒于行动,兴致颓唐,盖因事多拂意,经济日窘所致。然又乏致富之术,买航空、黄河,不过多费数元,而无得奖之望,十余次虽小奖亦未得,令人索然。

四日。廿二日。星期一。阴,夜风。女仆马氏自前清光绪廿八年来家服务,至今已卅五年。前清正值家道兴盛,该仆进项甚丰。自入民国廿余年,虽不如从前,然每年仍有六十余元进项。此人甚为能干,不意自近年以来,人性改易,今年尤甚,不解何故。多年相处,亦无恶感,今忽告假归其弟家,今早竟不辞而别,人之无良,令人难测。尚须另觅一可靠之人,然甚不易得。上屋仅剩一年老多病之老王,又须做菜,收什屋地,男仆除赵庆外只有老杜,年过七旬,人极勤俭。今日车夫小崇又丁母忧,须告假数天,以致颇感人少。凡事均凑在一时,何其巧也。

五日。廿三日。星期二。早,大风,午后风止。到叔宏家祝寿,客无多。晚饭毕，即归。闻今早达泉夫人故去。

六日。廿四日。星期三。到养马营。

七日。廿五日。星期四。清冷削脸。访承之不遇。到八条东口内路南小胡同内路东一百十二号，达泉夫人接三。达泉由京甫回，正值此事，夫妇尚有一面之缘。凡事自有一定，唯达泉面上气色晦暗，或过此关，当可转运也。

八日。廿六日。星期五。到金城取浮存五十元，又月利十七元。

九日。廿七日。星期六。阵阵狂风，未出门。

十日。廿八日。星期。昨夜二时，西单商场失火，未到天明，全场均成灰烬。近年商场占地甚广，场内商铺林立，较东安市场尤盛。余早已料到倘如失火，势难施救。盖因全场罩棚相连，各铺接连不断，如有火警，必至无从着手，但不知各铺有保火险否。今日风冷，本拟到达泉处送库，因冷未果。

十一日。廿九日。星期一。今报载西单商场分新、旧、南三场，共铺一百卅余家，浮摊七八十处，均无幸免，至损伤人口，尚在清查，约损失一百余万，场内商号虽多，仅益茂成本尚大，此外无数万本钱者。外表虽与东安相仿，而东安大商号甚多，西单则远不如也。

十二日。卅日。星期二。到保商取利，福德厚买茶叶。顺道观商场。鹤年堂紧连广协源，居然幸免。①

十三日。十二月初一日。星期三。到养马营、仁记。

十四日。初二日。星期四。到西单。

十五日。初三日。星期五。西四闲步，晴而冷。

十六日。初四人。星期六。哈尔飞听王又宸《奇冤报》，甚好。

十七日。初五日。星期。

十八日。初六日。星期一。上西单。文侪夫人由长回平。均好。长春甚繁盛，无物不贵。楼房一间，月租七元。气候极寒，街市

---

① 此日天头补记："发立爰山信，长春驿长春大街北胡同二号北楼上。"

马路如冰镜，最易滑倒。而各家屋中极暖，仅穿夹衣，出门则寒风刺骨，最易感冒伤风。

十九日。初七日。星期二。西鹤年堂买万应锭、豆蔻[①]，减价两星期。马路东商场一带浮摊极多，游人亦众。

廿日。初八日。星期三。早，祠堂供粥，天气和暖。

廿一日。初九日。星期四。夜三点鲜鱼口天兴居饭馆失火，延烧宝兴斋刻字铺、福兴斋帽店、天德裕烟铺，共五家。又前数天彰仪门大街花炮作亦失火，并伤人数名。今冬天干物燥，迭出火警。今已四九，尚未见雪，不知以后能有大雪否。念念。

廿二日。初十日。星期五。

廿三日。十一日。星期六。未出门。

廿四日。十二日。星期。大风，极冷。现已四九将尽，尚未见雪，颇觉干燥。近日时有火警，瞬届旧年，虽有禁放鞭炮之示，未见准能禁绝。借此火警恐不能少，盖亦年景之习惯也。年年均有禁止之示，皆系具文。记得只有一年，正在戒严期内，人心惕惕不安，除夕、元旦均无一声炮响，不禁自禁。

廿五日。十三日。星期一。买航空一条。

廿六日。十四日。星期二。上仁记，据云现在西北两路货物运转不便，均拟加价。若长此不通，恐要大涨也。祥达泉来谢步，日内即回南京。

廿七日。十五日。星期三。十一点飞雪，少刻地白。但祝大雪纷纷，以兆丰年。讵下至四点，西方日出，雪止，仅仅盖地而已。今冬虽三次得雪，均未过一寸。不知五九后尚能有大雪否，盼甚，盼甚。

廿八日。十六日。星期四。今日扫房。晴，冷。屋中冻冰矣。

廿九日。十七日。星期五。冷，致小如来。

卅日。十八日。星期六。上养马营。

---

① 原文作“菀”，应为“蔻”。

卅一日。十九日。星期。访致氏昆仲,便饭。

二月

二月一日。廿日。星期一。上西单。叔宏来。

二日。廿一日。星期二。天气和暖。余本拟上坟,因畏寒气及行礼,未敢前往,姨太太代往。归时将范治之女名丫头,十岁,带来试试,再看。

三日。廿二日。星期三。出前门,到琉璃厂。

四日。廿三日。星期四。今日午刻立春,气候甚暖。街市有冰处均融化,各滑冰场拟闭幕。到金城取款,在马路东一带浮摊极多,闲游片时。到仁记晤薛稚孺,云西土近日非常之涨,出乎意料之外。因西安乱事,货物难运,忽然涨价两元七,比熟货尚涨一角,从此恐向吃西土者,亦改吸口土。而熟土亦增长一角,恐均在三元上下,此亦借西安之事加增,如能平静,货物易来,仍须低落,且日后大局如何再说。今日报载奉将领王以哲被害,其乱可知。今晚祀皂,鞭炮极多,直到十二点钟方止。今年准放炮祀神,除夕当更加倍也。

五日。廿四日。星期五。上东安市场,到礼士胡同,闻文侪昨日回平,叔宏适往访。余驱车到白庙而叔宏、文侪同赴东城,余此时腹绥,到大美,近来菜甚不佳。

六日。廿五日。星期六。亚东理发三角,小费一角。访文侪,不遇。

七日。廿六日。星期。

八日。廿七日。星期一。下午四点,觉脊背发冷,少时愈冷愈剧,浑身战抖。上灯后始止,但周身无力,懒于动转。早寝,昏昏睡去,夜间小便三次,极多。竟日飞雪。

九日。廿八日。星期二。早起,始知一夜大雪,约四寸余。得此瑞雪,春瘟必能减去,且于春麦大有益处。今早起床已大愈,但觉浑身无力,未出门,明日当可照常。

十日。廿九日。星期三。祭祖。辞岁。诸事大吉。

民国廿六年丁丑二月十一日。正月初一日。元旦。星期四。欢迎喜、财神。午后至东安市场吉祥戏院观杨小楼《贾家楼》,饰节度使唐璧,苍髯,绿箭衣,舞大刀,刀花极佳,雍容不迫,处处合式,实为他人所不及。

二月十二日。星期五。初二日。祭财神。午后买谭富英戏票。访文侪。

十三日。初三日。星期六。哈尔飞听小谭《捉放》。

十四日。初四日。星期。风冷。上东城。

民国廿六年二月十一日,即阴历丁丑 年二月十一日正月初一日,元旦,星期四。迎喜、财神。午后天气晴朗,昨夜鞭炮之声接连不息。早饭后赴东安市场吉祥戏院观杨小楼《贾家楼》,精神奕奕,连打五场,潇洒自如,实为空前绝后。是日散甚早,归家尚未上灯。

二月十二日。初二日。星期五。祭财神,购黄河奖券。

二月十三日。初三日。星期六。晚哈尔飞听谭富英《捉放曹》,不甚精妙,似不如又宸。

十四日。初四日。星期。到礼士胡同延三太太两家拜年。[①]

十五日。初五日。星期一。东城拜年。今日黄河开奖,依然未中。

十六日。初六日。星期二。访文侪。游厂甸,至文化商场一览,翠货甚多。

十七日。初七日。星期三。上养马营。天晴,风尖。近年东省长春均系新派,屋中极暖,仅穿夹衣,而屋外、院中、街上则非常之冷。凡出门,均须皮大衣,坐马车,至多十数里,约一句钟,由暖屋出,下车又进暖屋,故不觉其冷也。

十八日。初八日。星期四。上厂甸。

---

① 按:原文如此,此四日日记记录两次。

十九日。初九日。星期五。访文侪。

廿日。初十日。星期六。晚承之来,文侪来,便饭。

廿一日。十一日。星期。早出恭,大费事,因已四天,今日仍未解。晚祝叔宏夫人寿,饭后即归。

廿二日。十二日。星期一。早出恭,仍未解。腹中发胀,因粪已堵门而不下,用激水器打油及胰子,仍未见功。饭后忽觉要出虚恭,即赴厕,随下稀水,旋即大恭陆续而出,仿似糖葫芦一串,然仍未痛快。明早仍须再解,盖因已积至六日矣。

廿三日。十三日。星期二。上金城取利。访文侪,到养马营。本拟游厂甸,因畏风尖未果。今早出恭仍费力,幸而解出,将昨日所留均下净,腹中始觉痛快。

廿四日。十四日。星期三。天气甚佳。午后承之、少如同车而来,叔宏来,晚有他局,未入坐。晚席二桌,官客仅金七、金四、文侪,勉坐两桌,堂客悦九夫人、金大太太、七姑太、五姑太太、文侪夫人等,尽欢而散。

廿五日。十五日。星期四。午后到厂甸,游人如蚁。又加高翘等会,招摇过市,晚上灯时鞭炮如雨,直至夜深始息。西单大商店大放花盒,闻有挤倒之人被众人踩毙者两人,挤倒者无数,足见中国人之知识浅陋。老年人带小儿游灯,最为危险,而竟冒险前往。致小如来补祝,留便饭。

廿六日。十六日。星期五。大风,未出门。

廿七日。十七日。星期六。风。朱六、马二两处谢步,道谢。昨晚大和堂大放花炮,西单一带亦如是,今晚炮声稀少。

廿八日。十八日。星期。晴,暖。东北城谢客,原拟上白云观一游,未果。回忆庚子前养快马数匹,最出名者为癞毛。此马真快,而整对面看之,似扒腹儿贴地,诚少有也。此外又有枣骝马,其快相等。此马走开,头微抬,要腿亦极好看。又有黄马,性急,易改腿,走起来亦好,但不能如前二马之快。又兔虎马,性极懒,非用鞭使大劲打不肯走，脚下亦不慢，且要腿花稍，似此亦特别也。其余大青马仅平平，多半荡走，尚整齐。又有小黑骡一头，套车甚快，在道中亦有名。唯脾气太劣，胆小爱惊，非好车夫不能驾驭也。

三月

三月一日。十九日。星期一。访文侪。

二日。廿日。星期二。上东安市场，到叔宏处道谢。文侪亦至，听上海无线电放兰芳、妙香等《生死恨》，声音非常清朗，诚令人不解也。

三日。廿一日。星期三。半晴阴。到养马营。

四日。廿二日。星期四。到仁记。年前后因陕甘事变，道路不通，借此大涨其价，年前廿三日买凉州水浆，已加二角，至年底加至六角，今日又买，则加至两元八角，照行市须三元。近日陕事渐安，道路已通，或不至再长。然蒋又重下令，严禁雅片，须照预期六年肃清。现在又禁又开，将何所是从，足见民国政事无往而不如此，可笑可气。

五日。廿三日。星期五。阴，早飞雪，竟日阴，未出门。

六日。廿四日。星期六。访文侪。昨日报载津、保大雪。

七日。廿五日。星期。阴，冷。所谓春风似剪刀，诚不诬也。

八日。廿六日。星期一。到蚨祥、宴古少坐。

九日。廿七日。星期二。晚到新开之新新戏院观马连良之《胭脂褶》。自永乐帝私访起，至失印放火止，演十三刻。此戏仿照第一台，稍加更改，甚是宽展。得看此台，系宫殿式，极高，各电灯光明亦合宜，总算最新式样也。

十日。廿八日。星期三。风冷，未出门。

十一日。廿九日。星期四。上东安市场吉世林洋点心。

十二日。卅日。星期五。今日完九。午后访文侪。

十三日。二月初一日。星期六。养马营姑娘生日。

十四日。初二日。星期。风冷。

十五日。初三日。星期一。文侨生日,适值在京,前往一祝。晚饭后回家,小雨雪一阵,起风。

十六日。初四日。星期二。早,山石水盆内结冰薄片。

十七日。初五日。星期三。早,结冰五分许,清寒刺骨。谚云"九九无凌丝,反冻十八天",今又验矣。

十八日。初六日。星期四。

十九日。初七日。星期五。今有人介绍英国人巴克斯,年七十余。原住石驸马大街,今拟租房,看此花园,甚为合意。唯须订合同几年,屋中铺地板,院中油饰不齐整之处,亦须收什,大约在千元以外。言明均归租主担任,但房租须裁减。再三商议,定为每月卅三元,房捐归我担任,大致如此。唯房上如漏,须由房东收拾。当付定钱五元,日内动工,由彼办理。

廿日。初八日。星期六。昨到仁记购土,仅十余日又大涨价,上次廿八元,现到卅五元。据云一日之中,能有两三个行市,所以如此滥长。因有买土,由土内作白面,不论价值贵贱全买,若似此长久,不知要长至若干也。

廿一日。初九日。星期。访月汀。今日租房之人又带瓦木匠前来,尚要添盖一小间,并拟将北厅之西间后廊打进之说,俟日内再说。明日须先到公安局购买外人侨居租房之合同,不知尚有调查等手续否。总之既租与外人居住,彼又自行修理,如此便宜事,不能不麻烦。所要者将来不住时所有添修各事件,均做为房东应有利益,不得拆毁及索价等事,须预先说明为要也。

廿二日。初十日。星期一。阴竟日。晚十点后飞雪,地上一薄雪一层。昨日春分,今日下雪,亦少有也。午后到警察局,记得似前清吏部旧址,买外侨租房合同纸四分,报单一纸,共二元一角,可见无处不要钱而索价甚贵,国家与民要钱,真忝不知耻,令人气愤。局中卖合同处,系由窗内开一小洞,有人在内,先钱后纸,与背胡同内之小铺一样。凡买呈纸合同,均在此处也。

廿三日。十一日。星期二。自昨晚十点飞雪,至今早开门,见大雪纷飞,房上、树上,积雪足有六七寸,直至下午四点始止。西方隐隐现出日光,街道成河,泥泞万分。今晚原是月汀约福全晚饭,因雪大难行,打电①辞谢。至晚十点又飞飞落雪矣。记得去年二月初,亦是完九后连日大雪,又复上冻,寒暑降至十六度。今日亦是大雪,尚不及去年,亦未大冷,此次放晴后,当可回暖矣。

廿四日。十二日。星期三。风,晴,冷。房上雪化如溜,街上除马路,胡同内均成泥粥。

廿五日。十三日。星期四。午后三时方玉书来商合同事,大致已说妥,双方同意。

廿五日。十四日。星期五。访浩如。商外国事。据云与现在商定者无甚出入,唯须俟批准后方可动工修理,并云现在租期以三年为限,如续租再立合同定期等语,俟询明再办各事可也。

廿七日。十五日。星期六。到朱伯壎家道喜。

廿八日。十六日。星期。午后方玉书前来,已将合同书就,官四分,私两分,带去签字盖章,并取铺保。

廿九日。十七日。星期一。理发。

卅日。十八日。星期二。晴。今天稍回暖。午后方先生送来合同四分,又另立两分,均已签字盖章。铺保明天即可呈递。晚阴,小雨。

卅一日。十九日。星期三。晴。午后到警察局呈递合同四分,报单一纸,须要外人名片一张。当即至石驸马大街访方先生,值外出,稍候向彼当差人回巴先生要名片一张,遂又回至警察局,将合同报单递上。问何日由何处发还,据云须三四礼拜,交本区发还。

---

① 按:原文如此,疑脱一"话"字。

四月

四月一日。廿日。星期四。

二日。廿一日。星期五。

三日。廿二日。星期六。大风。将多年陈灰共卅四两，每两按九角，合卅元零六角，购口土五两，十七元五角，除剩十三元一角。

四日。廿三日。星期。晴，微风。十点上茔地，十一点五分到。十二点三刻由东边地上车，一点三到家。因行路甚远，归后较倦。

五日。廿四日。星期。本拟上东城，因本区分驻所巡官来见，为英人租房事，须具结保房主所租均与合同相符。为铺保甚不易。问了两三家，均不肯出保，俟明天再向巡官一商。此人乃端仲纲之长子，名陶说，今又姓李，不知何意。明日会同方先生到该分驻所，面商一切。

六日。廿五日。星期二。为保结事，求三义公煤栈盖字号戳记，交与第一分驻所收讫。三时，同方玉书到分驻所，见李巡官，号竹泉，亦系市井人物。现在警界非此类人方能合格也。合同铺保系元记钟表铺，因是九等，不合格，非七等以上者方可。幸玉书预为改保，当将合同带回，另觅六等铺保加于合同。此合同有双铺保之戳记，总不至再有挑剔。凡事一经官面，种种刁难，繁比前清时困难百倍，真真气死活人也。现在各区均有号人开立白面房子，亦系外国人租房，不知官中何以准其开设，实令人不解。而且不敢撵逐，万分无法，仍须会同日方军警前往抄办，亦不过虚应故事也。

七日。廿六日。星期三。到金城、东安市场、礼士胡同，闻适协和医院失火，七时始熄。叔宏近半年态度大变，不解曷故。对于余神情冷淡，似有高低之分，自觉身分太高，如汝等老而且穷之辈，不能平等之意。

八日。廿七日。星期四。承之生日。晚席一桌，二王、宝三、承之一桌麻将，余饭后即归。

九日。廿八日。星期五。到市场。今日宝大太太七爷通信，前往道喜。

十日。廿九日。星期六。出城。到蚨祥做衬绒夹袄。

十一日。三月初一日。星期。上灯时敬胜胡同住户失火。

十二日。初二日。星期一。阴。下午下小冰珠，旋改密雨。至晚仍小下。气候甚寒。此雨真真好雨也。

十三日。初三日。星期二。昨日春雨竟日，今日仍阴，甚凉。可惜三月三日蟠桃宫庙会，因阴凉未克前往。从前养马时，正好春阴试马。回想前尘，恍如梦境。近养马之家，所知者仅涛七爷、汤玉麟两家，其余军界中或有人，但不知其人也。

十四日。初四日。星期三。晴，风。上养马营。前几日车夫小崇将车证及季捐执照失却，须补领，从新另领牌照，如同新置新车一样烦难。真真岂有此理。似此破国，何以仍不亡。有人[1]此国早已亡矣。全国人心全失，只余外表。国以民为本，民心既失，即是国亡。此说却是有理。

十五日。初五日。星期四。到瑞蚨祥取夹袄。因未当面穿试，归家试之，身长寸余，又须前往，再去身长。

十六日。初六日。星期五。早十点狂风陡起，四围黄沙蔽日。上灯后始止。余近日大便又复干燥，隔三四日始解少许。昨服红色清导丸，亦未见功。今晚又服两粒，不知明日能否顺便。

十七日。初七日。星期六。

十八日。初八日。星期。上东安市场。

十九日。初九。星期一。

廿日。初十日。星期二。上瑞蚨祥收什绒夹袄。

廿一日。十一日。星期三。游北海，丁香、榆叶梅盛开，游人渐多。

---

① 据文意，此处或脱一“说”字。

廿二日。十二日。星期四。

廿三日。十三日。星期五。到金城，取利十五元八角三分，扣所得四角六分。又到仁记售多年陈灰廿一两，合十九元二角，换口土五两，卅四元，比上次落一角，合十七元。

廿四日。十四日。星期六。

廿五日。十五日。星期。方玉书来，送来合同一分，渠托人向警察局询问，昨始领出。

廿六日。十六日。星期一。晴。巴宅已派瓦木匠前来修改屋中，大约须廿余天可以竣工。因张宅卖房期限已满，至五月十五日已过期一月，实无法迁延，不得不赶紧收什。今日方玉书已将两个月房租送来，并打扫钱十元，已分给家人矣。日前初十日，电灯公司起大风潮，以武力压迫冯经理及朱氏昆仲，此外尚有二三人，强令辞职，并派刘郁芬前往接充。宝叔宏未在驱逐之列，仍照常前往，并闻有派清查以前旧账，如查出弊病，冯、朱等恐赔偿之祸，且看朱氏手法如何。倘若认真认真，恐兴大狱，虽破产亦难偿清。盖前任经理均未免有弊，亦不易认真彻底办理矣。

廿七日。十七日。星期二。

廿八日。十八日。星期三。上西庙。午时请祠堂，迁移西房。

廿九日。十九日。星期四。出前门。

卅日。二十日。星期五。上东安市场。

五月

五月一日。廿一日。星期六。午后三点，将拟出门，忽然起大风，天色昏黄，至六点风始息。

二日。廿二日。星期。上养马营，闻伯麒忽得中风，甚为焦急。

三日。廿三日。星期一。上叔宏处要再造丸，送伯麒试服，能否有效，尚不敢必。

四日。廿四日。星期二。到伴来家，谢其画扇，昨迁至火神庙路南十三号。

五日。廿五日。星期三。到白庙。文傍由长辞职回平。立爱山送余烟斗、烟丝、皮烟夹三件，均精美。

六日。廿六日。星期四。近数日大恭非常干燥，每间一二日仅小干球二三个，必须打油，有时亦无效。盖因粪燥，气弱催不动所致。倘长此费力，实非善法。润药无功，下药不敢服。近因西土缺乏，改用北口土，或系土燥，亦未可知。

七日。廿七日。星期五。今早仍未大便，干燥非常，又不敢泻，只好用蜂蜜润之。到庆和堂，奚叔悌嫁妹。午后到金城取利，一千六百之款到期，提六百，改来往，一千仍存一年，利虽未减，又少六百之利，再加扣所得税，仅六元有零。近年所入总不敷用，如房钱虽有增加而他事又少入，仍与不增等也。

八日。廿八日。星期六。今早用尽气力出恭一条，仍不痛快，然数日始解，亦甚舒适，且看明日如何。

九日。廿九日。星期。访月汀。到东安市场。

十日。四月初一日。星期一。理发。

十一日。初二日。星期二。

十二日。初三日。星期三。今天暴热，华氏九十六度。今日为英皇加冕大礼，英使馆极热闹。

十三日。初四日。星期四。午后至福寿堂。宝大太太给老七志鹏完姻。自昨天气候暴热，三点后忽起大风，飞沙走石，日暮渐止。晚十一点西方浓阴，少时电光闪灼，雷声隐隐，复改震雷，屋宇为动。今年初次闻雷也。

十四日。初五日。星期五。

十五日。初六日。星期六。出城到宴古，福德厚买茶叶。

十六日。初七日。星期。黄河开奖，又未得中。每月必买一二张，从未得过，虽小奖亦未得中，可见得财之难矣。

十七日。初八日。星期一。老姨太太生日。鲥鱼一元三角。

十八日。初九日。星期二。

十九日。初十日。星期三。同文侪访由长来平孙鲁望，系寿州孙家鼎之孙，孙绍侯之子，为人精明能干，现办理电业事业。此人与乃父相同，能挣能花，乃民国人物，但正派耳。

廿日。十一日。星期四。访石瑞厂求书折扇，字体双钩极精。此人书法甚佳。

廿一日。十二日。星期五。上北海公园。

廿二日。十三日。星期六。

廿三日。十四日。星期。朱遐厘嫁女，在同和堂，道喜。出崇文门，到早市口上堂子胡同，穆鹤亭嫁女，道喜。

廿四日。十五日。星期二。承之来谈。

廿五日。十六日。星期三。访月汀。坐谈时院中小雨。上东安市场，雨渐大。到礼士胡同，宝大太太生日祝寿，晚饭后冒雨而归，十二点雨渐止，惜乎稍小，然花木经此微雨，倍极精神。

廿六日。十七日。星期四。晴爽宜人。到仁记。冯公度夫人送灵，来客甚多，在彼少坐，同文侪回家小坐。伊仍送库。今日下午新房客英人巴克斯迁来。自二月初七日与方玉书言定租妥，至今七十天，始迁移来居，因工程零碎，极力赶修，甚为草率也。

廿七日。十八日。星期五。早九点冯公度夫人发引，出西口马市桥，上大杠，送至四牌楼即归。

廿八日。十九日。星期五。①

廿九日。廿日。星期六。昨巴先生代表玉书来拜，因不愿见生人，挡驾回拜。顷由门隙看见巴君身体高大，虽年老而体格雄健，一部长髯及胸。屋中空洞无陈设，亦无桌椅，晚亦不燃灯，仅开一灯，少时即闭。屋中一人，毫无声响。闻饮食一切极简单，甚重卫生，每间数日，由医生检验身体一次。

---

① 原文如此。按：廿四日为星期一，致此后五日有误。

卅日。廿一日。星期。

卅一日。廿二日。星期一。大热，廊下九十八度，到拈儿胡同祝姑太太生日，又到福全馆祝毓寿衡老太太七旬正寿，有八角鼓，内有踢毽一场，二人功夫真纯，毽子随身，腰腿灵活，真不易也。

六月

六月一日。廿三日。星期二。坟地治儿来云，刻有财政局丈地，不久可到本地，特来报知。并云前夜下雨，又有二人来大茔地，刨两小坑即走。

二日。廿四日。星期三。

三日。廿五日。星期四。上东安市场，访文侪，小感暑气。

四日。廿六日。星期五。今日已愈。午后阴云四起，雷声隐隐，少时雷电大作，密雨两小时，花木甚为精神。昨送方玉书自书折扇一柄。

五日。廿七日。星期六。晴。昨夜喉中痰响，一夜未睡，今甚觉疲倦，傍晚踏街。

六日。廿八日。星期。阴，微雨竟日。

七日。廿九日。星期一。昨夜微雨，今又一天，至晚仍星星点点，约有二寸余，麦苗花草均精神。到金城提存百元。

八日。卅日。星期二。福德厚茶叶，内联升买礼服呢夹鞋一双，价两元三角。各处鞋店均系一元三四，唯内联升独贵，一则字号，一则料真。

九日。五月初一日。星期三。上东安市场。

十日。初二日。星期四。上养马营，五老太太谢赏。

十一日。初三日。星期五。上拈儿胡同看姑太太，送洋一元。访胜四。

十二日。初四日。星期六。

十三日。初五日。端阳节。哈尔飞听言三《探母》，唱法改变，忽急忽徐，既搬且坠，实在不佳，而一般青年好奇人物大拍其掌，好声不断。余实不敢附合。今日忽热。

十四日。初六日。星期一。大热。寒暑表廊下九十八度，或百度。晚忽起大风，沙飞石走，天气忽阴。

十五日。初七日。星期二。热大减。理发。

十六日。初八日。星期三。

十七日。初九日。星期四。上东安市场。近日大便又干燥非常。

十八日。初十日。星期五。今早出恭又大费力，仍未解下。盖因粪燥成球，气力催不动。一日之间如厕四五次，均未解下，且看明早如何。

十九日。十一日。星期六。今早大便仍未解，已三日矣。粪已屯门，唯气弱催不动，终日难过之至。并润肠理气之剂，未识能有效，且看明早如何。倘如今日气催不动，则又是一天，非想法不可。

廿日。十二日。星期。因未大解，未出门。

廿一日。十三日。星期一。晚饭后忽觉下行，如厕居然活动，当即用大力缓气，仅下两大球，内中仍满未下。

廿二日。十四日。星期二。早如厕，居然大解一条，痛快非常。

廿三日。十五日。星期三。早又解少许，能如此即归旧辙矣，但恐如隔一日，则又费事也。上金城。连日下午雷声隆隆，雨仅数点。闻他处均见大雨矣。

廿四日。十六日。星期四。夜间下雨两小时，天明，上下午又雷声隆隆，雨未下。

廿五日。十七日。星期五。

廿六日。十八日。星期六。浩如老三姑娘今日接三。

廿七日。十九日。星期。小有感冒。

廿八日。廿日。星期一。傍晚东南有黑云如墨，雷电交加，始终未下雨。晚虽晴，而东南仍电光闪烁，不知夜间尚能下雨否。闻四外均得大雨，唯北平城内外总未得透雨，闻各井均涸，缺水。

廿九日。廿一日。星期二。

卅日。廿六日。星期三。上仁记。

七月

七月一日。廿三日。星期四。天明大雷雨一阵,巳刻止。花木得此阵雨,稍见精神。

二日。廿四日。星期五。早,阴。下午四点落雨淅沥,上华丽取染单衣。自上车,雨渐渐点密,即归家,雨势即大,房檐流水。自五点至此刻十一点仍未见小。此雨可称透雨,禾稼定见茂盛矣。

三日。廿五日。星期六。昨夜雨仍不止。天明忽起西北风,畅晴。有此一雨一晴,禾稼受益非浅矣。出前门。

四日。廿六日。星期。访月汀。上东安市场经济食堂,菜甚不佳,且增一角。若看吃主极多,不知何意也。

五日。廿七日。星期一。上养马营。

六日。廿八日。星期二。热。近日出恭颇费事。自前天解后,今又两日矣。

七日。廿九日。星期三。服麻仁丸,看明日如何。

八日。六月初一日。星期四。今早始而虚气接连,恭已屯门,用甘油润之,约二四分钟,再如厕,仍然不动。且静俟片刻,稍有活动,连连用力,居然下降。又用力催之,接连不断甚多,此乃四天所积,一旦全下,痛快非常。又前夜天明,闻得炮声隆隆,知系日军在卢沟桥夜操,不甚注意。今午忽有号外登载,日军演操,我军驻扎,相离甚近。我军向日军攻击,日军停操应战,双方均开火,当由宛平县会同我军上级官长,日方亦派武官调查真相。今日各城门均闭,日暮时始开。平则门尚闻有炮声。自上灯后未闻声响,想系双方调停,未识有效否。明日当知确信也。下午四点本拟上东安市场,因路上汽车、洋车甚是稀少,改赴北海一游,人尚不少。稍步即归。

九日。六月初二日。星期五。夜间隐有炮声。天明后,炮声甚大。七时微雨，自九时雨势渐大，檐溜直流。不闻炮响。西直、阜成亦偶时开放。因雨势甚紧，街上行人稀少。晚阅号外云：自午双方停止攻击，静候商议。如能互谅，仍由外交解决。但愿如此。唯此次仍由彼方藉失一日兵，非入城搜查，我方未允，彼即攻宛平县城，责任全在彼方。彼不肯认过，反要求多事，我岂能全认，仍恐不免战事。唯战端一开，恐难停止，北平亦甚危险也。且看双方谈判如何。今日竟日下雨，至一点未住。唯东南方面，天色甚红，如往日阴天，电灯繁处，远看甚红，仿佛走水。今夜间戒严，各铺早已闭门，何以云色极红，有如早霞。旧说有一天笑之说，即是如是。然而天之变常，总非佳兆也。

十日。初三日。星期六。今日晴。卢沟桥事，双方停止战斗，两军各回原地，只看谈判如何。而城门仍然关闭，仅西直、阜成各开半扇，如顺治、前门、和平仍闭，偶时一开。西单、西四均设土袋甚多，丰盛大院两胡同均堆土袋，不能通行。此两处必有要人居住，街上行人车马比前天较多。今日一天未闻炮声，而行人多说仍然打仗。究竟确否，不可知。

十一日。初四日。星期。上东安市场，路上行人、洋汽车尚不少。唯城门仍闭，有时放人出入。晚报载昨夜日军又枪炮齐放，不得已还击，约一小时始退。现又双方对峙，仍待谈判。此次事变，衅本由彼起，彼既有意，则我方对待实难，非开火不可。至战端既起，且看胜败，方能有谈判之地。若一味和平，彼得寸进尺，无所底止。近年我军终日训话，深恨日方欺人。

十二日。初五日。星期一。今日竟日未闻炮声，晚十点后，又闻西方枪炮声甚近，接连约一刻余，即停止。或系因风不顺，亦未可知。总之双①商议均回原防而②方违约，忽撤忽聚，且不时枪炮齐施，我军

---

① 疑此处脱一“方”字。

② 疑此处脱一“日”字。

不得已而应战。又闻由东调来日军甚多。凡军用器品,飞机数十架,陆续到津。现在停止攻击乃系缓兵计,俟齐备后再行开战,不识我方如何因应。看现在各长官均无若何筹画,不过照例预备说治安无虞等语,倘将大举来攻时自应抵抗。闻军心甚忿,或可奋斗。如打一胜仗,以后事或稍易办理也。唯余心甚恐惧,又无善策自卫,只好到时再说。

十三日。初六日。星期二。浩如道谢。今日报载日军由东又来两列车到津,原议两方撤退,彼仍观望,反而增兵。又有来南苑大红门之说。大致东南西北四面均有日军,数目多少无定,已将北平包围,不知我方如何对待。据余见,事体一定扩大。无论胜负,均无好结果,乃意中之事。至将来到如何地步,实难拟料。光绪廿六年六月,义和拳起事,今民国又廿六年,仍在北平,亦恐无佳兆,更有甚于庚子年也。余今年七十一岁,尚要逢此惊心之事,亦气运使然哉。

十四日。初七日。星期三。报载日军在大红门与我军冲突,不久退却卢沟桥,双方撤兵。日军忽撤忽加,夜间远闻炮声。近两日日军由东开来军队及军用器远多,现在两方均急亟筹备,均成箭在弦上之势,一触即发,迟早难定。若欲和平,除非有一方退让,方克有望。然均系骑虎之势也。倘不幸开火,演成何等局势,实难预测。人民、建筑遭劫,盖难幸免。但愿此话不中,则幸甚也。下午到仁记。今日天气燥热,较前几日加甚。

十五日。初八日。星期四。到金城取百元。访文侪。今日西南、正南,均尚安静,双方积亟预备,不久恐要爆发。闻冯玉祥来保与宋哲元会商,此次决心彼既前来寻衅,我即应之,抱定你不打我,我决不先动手打你,总之我不为首。据余观听所及,兵士气甚盛,可望获胜。然纵获胜仗,恐人民生命财产定要损失,至何程度,实难拟亿也。

十六日。初九日。星期五。午后下雨,三四点时甚大,至晚未晴。战事仍停,双方筹备。报载日军陆续开来甚多,未免不实。向来报话无论事体大小,所登未免言过其实。内有英美法有出而调停之说,然准能有效,正未敢必。此事全在日本。彼能退让,我方自能和平也。

十七日。初十日。星期六。早,阴。午后微晴,西南局势仍如昨,谣传不一,均不可信。然据我之见,总无好结果。我所虑者,恐炮弹枪子满空飞,再加以飞机要挟,无论抛弹与否,空中多架嗡嗡不绝,亦足令人胆寒。

十八日。十一日。星期。到礼士胡同、东安市场。街上行人虽多,总不如从前。闻有谈判末日,和战即定。此乃人之传言,实情真相仍不得而知也。下午五点多钟时,日被淡云笼罩,四围五色圆圈两个,与虹一样。然虹向来对日而现,此则围日而生,所谓日晕,似近理。今年三环套日已见两次,在从前轻易不现也。

十九日。十二日。星期一。半阴。宋委员长今早由津回平,前途内情,外人均不知。下午踏街,至西四牌楼,所设之沙袋均移开,有云移至高处者,门外马市桥本是十字路口,今在北面又堆土袋十余个。

廿日。十三日。星期二。今早腹泄,共四次。口苦不饿,疲倦。战事仍停,偶闻一二声炮响而已。今早大雨一阵。

廿一日。十四日。星期三。万国理发馆理发,二角,比亚东洁净,手艺亦佳。今日闷热。战事沉静而消息不佳,所虑者战端一开,无地可避。倘到至极乱炸一阵,将如何之耶。

廿二日。十五日。星期四。今日郁热闷人,虽仍九十六度而热实加重,此乃伏中之热也。战局仍前,并有撤退之举,此非真和缓,乃彼方借此伏中天气炎热,大雨时行,均不利于行军,乃借此为缓兵之计划。彼虽不作战事而仍陆续预备军火、军用品、军辎重、粮食,及至秋凉,彼仍然挑衅,况彼深知我国得过且过,此次我方军士气盛,又可借此退军缓我军心,我方之五分钟热气已过,彼再一鼓作气而挑战,但愿我军勿懈勿弛,亦借此时期多方筹备,以备将来应用。千万不可以为和缓而宽心,过一天是一天,仍蹈以前之积习。千万勿忘为要,今特记于此。

廿三日。十六日。星期五。大热。较昨晚尤甚。早大风一阵，雷数声，午间热度九十八度。到金城。出和平门，到福德厚买茶叶时，今日京汉车初次西行，闻前方双方撤退，暂时可告平靖，以后再说。

廿四日。十七日。星期六。大热，比昨天尤甚，九十九度。下午到华宾园洗澡，单间特等六角，修脚一角，小费一角，似不满意。今虽暑热，亦不甚出汗。今在修脚时坐定，汗如雨下，在余向来未有者也。

廿五日。十八日。星期。热较昨尤甚，正一百度。傍晚文侪来谈，到铁路公会晚餐。每分一汤一鱼一鸡一肉，黄油、果酱、面包均好，仅五角，实在便宜。今报载上海又有日兵一人失踪，闻系被华人殴毙。然无确证，借此又将挑衅。

廿六日。十九日。星期一。热比昨稍减，九十八度，而仍汗出如雨。今日报载，日前上海日陆战队忽失一兵，闻被华人殴伤失踪，借此又寻事，乃于昨日由东开来兵车，至廊坊，欲下车，我方卅八军阻止，因此开火甚烈，且用飞机轰炸多处，至今尚在相持，是否如斯之甚，尚须详询。往往报纸所传失实过甚，此中国之程度低下之处也。正阅《世界晚报》登载廊坊之事，忽闻西南又炮声隆隆不断，大约仍在卢沟桥一带，或南苑。自廿二日双方约定退兵而日军仅前线稍退，其余均停止未动。询其何不撤退，答云尚待而官民均认和缓，晚间解严，仿佛从此太平无事。余早料其系因天气炎热，暂缓时日，不料上海、廊坊两处又出事故，彼遂借此又行开火。此次日军源源而来，早已擘画周详，非借端开衅不可，而我方非不设备，但胆小不敢先动。须知早晚总难避免，不如趁此各处均开战事，在我以逸待劳，令彼各分其力如华北各地，南则河南各地，山东青岛、烟台各地，长江一带如上海、汉口，再南则福建，似此多处用兵，恐日军虽强，亦难各处一齐开火兼顾，若趁此俄国亦许挑战，别国则不敢知也。

廿七日。廿日。星期二。热，如前。今日前方信息甚紧，下午飞机十数架盘旋空际，声音嗡嗡，幸未掷弹，但侦察各处。前院巴先生为英使馆及教会来接其暂避，闻明日仍有飞机，且看前方黄村等处战事如何。据余揣想，北平乃都市，人烟商务繁盛，均未迁移，亦无处可避，倘若掷弹，亦应择军队驻扎之地，城外西、南、北三苑，城内如旃檀寺等处，恐难免危险。此外如学堂、官所亦属可危，至平民住宅商铺，或不至有意外。然由高下掷，但恐难免准确，似此只可静以待之，听天由命，劫内劫外，谁亦不知也。此次战事，日方似早已决定必战之心，唯将来只境如何，实难揣测。

廿八日。廿一日。星期三。早六点空中飞机多架，嗡嗡之声甚大，加以接连投弹之声、爆炸之声，虽远在城外北苑、西苑等处，而房屋震动如相距里许，真有震蹋之虞。幸而未在城内抛掷。昨日即知今日信息吃紧，英使派人来接巴先生暂为躲避，而巴先生不愿前往，又一再催请，始于十一点前去，至下午五六时，西南又炮声隆隆，忽远忽近。夜十二点炮声愈近愈大，有时闻火药气。一点时，闻机关枪密如放鞭，在南方，或系永定门。少顷枪声停止，后街过大汽车数十辆，绕出西直门，登时不知何故，后半夜渐渐安静。

廿九日。廿二日。星期四。早六点多，飞机又来，比昨天少，未闻投弹。九时看报载一附篇，张自忠代理政委会委员长兼北平市长，警察局派张继，张继不就，又改潘毓桂，张允荣为平绥路局长，均系宋哲元所委。宋本人偕同秦德纯赴保定视察，云云。阅之大异，皆云张自忠倒戈。竟日无炮声，街市仍少行人。至六时，西方又大炮隆隆，且近且密，约二小时，又渐渐声远。十时以后寂静无声，真令人揣测不明。夜间后街所过大汽车数十多辆，均系廿九军出城。有云南军亦开来若干，散在四郊，顷闻炮声，或系宋军，或系南军反攻，似此一时恐无了期。而今日城中无军队，只有巡警及少数保安队维持地面。究竟城内算中国或满日，亦不明悉。各人各话，再加谣言，如在雾中。唯今日巴先生未归，大约无甚好消息。

卅日。廿三日。星期五。早，微雨。夜间清净，隐有炮声，甚远。

午间北方炮声又起,兼有飞机。闻系由通败退,保安要进德胜门,因此开枪放炮。该队约有二百余人,往西走去。竟日街上寂静,行人不多,铺户多未开门,或开一门,以便买物者。消息沉闷,阅晚报载津门战事甚烈,市府炸毁。又通州仍在战中,难民来平者约万余人。外甥王嘉民二次回通仅六七日,亦无信来,颇为悬念。今午致五妹一信询问,并送其一元二角零用。自张自忠等接任,仅出布告,又商会及地方士绅在江朝宗寓中会商,请其出任地方,以安人心。闻城中战主意,是否真伪,令人难测。至南方定何方针,更不易测。若以南方素主说大话虎人,或可放弃河北。如真意宣战,或日方再三逼迫,平日又力主抗日,大言实在难以再忍,或亦有开战之可能。若果如此,则扩大持久,争夺平津,劫数难逃,则危险无极矣。今日仍各城紧闭,因有由通败退溃兵屡欲进城。新警察长潘毓桂派警出城遣散溃兵,此亦不过姑作此事,至能办理裕如,正恐不易。但求城内安靖,即是归日本也。自昨至今两天,名曰解严,而各铺均不敢开门,车马行人亦少,真令人不明白是怎么一件事。可叹,可笑。只好静观其后。此次北平阔人赴津赴南者甚少,未动身在此者甚多,不知何意也。

卅一日。廿四日。星期六。夜雨竟日。远闻炮声。报载宋委员长致张自忠电,为贯彻和平,已饬令北上南军在到达地点停止待命。第二步再设法令其调回,望转达日方,勿对该军有军事行动等语。似此则早定,不大家之福。唯终日关城,菜蔬不能入城,则无青菜可食。城内贵而无有,城外贱而无人买,西瓜、香瓜均无卖者。沉闷时局,令人无法,仍是且待天意也。

八月

八月一日。廿五日。星期。晴。今日平靖,唯各城门均未开,仍为防溃兵起见。午后三时,空中飞机数架盘旋甚久,有云掷传单者。访朱侠厘,晤谈许久,伊亦无新闻。盖因消息不通之故。闻天津虽战事稍停,详情仍不得而知。至南军如何,亦无所闻。下晚外甥王嘉民由通逃回,倍受惊险。据云保安队反戈,杀伤太残忍。日号全家妇孺受惨害,无一家幸免。嗣日军队开战,又败退,因此日人深恨华人,炮轰机炸,嘉民等不能不逃出北门,沿途飞机追投炸弹,死伤甚重。嘉民足部亦受微伤,整走一夜,又遇雨,狼狈不堪。卅日早九时,始设法进东便门,万幸生还。余亦欣慰之至。今日午后,前院巴先生由英馆归家,大约现时不至有他虞。据余揣测,市面虽渐复,仍须刻刻防范,因内伏危机太多,日华相残,亦恐难免。至大局,全视南军反攻与否。倘若真拟恢复,则仍须大战,地点仍在围北平一带,或在津南、保定,亦未可知也。

二日。廿六日。星期一。热。今日外传消息不佳。城外溃兵四散,又南军一定反攻。宋为前敌总司令,如冯治安、秦德纯等,会同南军刻下保定聚议。行政专委汪兆铭、蒋专任军事,大举北上,有云现在琉璃一带。究竟确实,亦未敢知。向来南方专恃大言吓人,再加报纸喧传,实事恐未如此。唯城门仍未开,米、面仍涨,恐来源断绝,不得不预为加价,此奸商向来故技。倘日久相持,殊属可虑。又冯玉祥之子、段合肥之孙,均在南苑阵亡,冯为报仇,亦必加意挑拨作战,亦意中事也。今为储备起见,又购大米一包、面一袋。又闻将处新生活及孙之照像取消,又听隔壁南京报告此次日本大举来攻,出倾国之师,与我作战,各省均有日军。此等大言,意在激动全国人心,但恐未必也。

三日。廿七日。星期二。各报无甚登载,唯巴先生云:消息仍不佳,恐仍须赴使馆躲避。渠每日看报廿分,中外皆有。闻蒋委员长非竭力反攻,不止北平宫殿及大庙宇,非炸毁方出愤气。豪语万千,所以人人生惧。下晚文侪来,云暂时可告小康。我云最怕南军反攻。伊云一时恐不即来。果真反攻,早应到此,今仍烘烘,军事缓缓,如果开火,恐难操胜算。故志此说,且看下回分解。午后雷雨一阵,阜成门开放几次,以便行人出入。

四日。廿八日。星期三。今日仍寂寞无闻。午后伯麒来,伊前日由丰逃回。现在丰台归日管理，伯其所住之房由少川看守，伊但能在彼，暂不回平。廿八日夜，日军与廿九军开火，枪炮弹均由房顶而过，伯其等均爬伏屋中窗下一夜。次日即步行进城。至南军有何计划，不得而闻。有云琉璃河仍有战事，不知是何军。日间隐隐有炮声，街上行人渐多，唯城门仍有未开者，有开几次者，盖系防溃军也。今日仍热，晚小雨一阵。

五日。廿九日。星期四。无线电报告，三、四两日南京、上海均飓风暴雨两日。北平昨午后下雨一大阵，今日由天明即下大雨，午后稍止。晚又下雨，有一夜之势。今日战事无所闻，城门仍有未开者。本月系小建，今廿九日。自初一日早闻炮声隆隆，以为是日本夜操，不甚注意。午间忽闻号外，始知因日军挑衅，两方冲突，嗣后则日甚一日，至廿一日即阳廿八日黎明，空中飞机多架在城郊西北两方掷弹数十，轰炸西苑、北苑，声震屋宇，距离尚在廿里内外。此一日炮声、枪声不绝于耳，至夜尤烈。至夜一点，闻大汽车多数走马市桥经过，次日始知宋已退出，由张自忠代理委员长。七二八北平之记念，九一八系东三省记念也。此一月中，在恍惚迷离、惊恐不安，不觉过了一个月，至以后是何情形，令人殊难逆料也。

六日。七月初一日。星期五。一夜雨未止。今日又下一天。前院房漏，今日阴雨沉闷，姑太太又来。报载宋哲元休养，张自忠辞职，暂由政委会委员齐燮元、贾德耀、李思浩、张允荣、张璧代理。此等委员名词，恐不久又须改换。顷闻巡警枪支缴出，均系徒手。此举甚属不当。倘有小扰，应如何应付。余近日精神恍惚，心绪烦乱，以后愈想愈无头绪。究竟南政府是何举动，对日若何，各国有何议论，是何态度，果若抗战，系在何地应付，抑系北来。令人闷闷。

七日。初二日。星期六。半阴晴。一点下雨一阵。看坟人范有来报，前几天联二老爷材被盗，昨初一日夜，东坟两位二太太材被盗，四太太材亦同日被盗。值此时局，毫无办法。向来村东头小庙内尚有巡警四五人，近因归并，将此处巡警调回冉家村派出所。此地相距三四里，且将巡警枪支缴出，赤手空拳，如何剿匪，只有照例报知冉家村知悉，但恐日内仍有来盗者。看坟人不敢出头，又无巡警，只有任其所为，此真不成世界。近喧传汪、蒋诸人定要抗战，并云每战必败，败而仍战，非至焦土不止，所谓焦土政策。又云既是国民，举国人非同赴国难，方够人格。此等言论，实与古人所说为上者以爱民为本相反。试问天下有无民之国乎。

八日。初三日。星期。竟日阴，时时下雨。晚晴，旋又阴。自廿七日起，连日阴雨，不觉六天，处处返潮，年年总有此数日。今值时局不靖，格外闷人。今午日军司令进城，出有安民布告，尚无夸耀词句，不过令人安居乐业，不可听信谣言鼓惑，自相惊恐等语。又有传单，只华北乃华北人之华北数字，至南方仍是决心大言。报载汉口日侨全数回国，因该处排日风潮日甚，不得不回国。上海亦大致如此。似此南方之乱，恐更甚北方也。

九日。初四日。星期一。午后晴，郁热闷人，到文侪，祝其夫人寿。国事无所闻，有云南口良乡日军不利之说，不知实否。

十日。初五日。星期二。今日晴，比昨日尤热。不过九十六度，而热倍之。此乃伏中潮湿之热，各物均反潮。报登上海亦形势严重，沿江一带日侨均回国，恐有大战之势。究竟如何，且俟事实。南方报告甚多，大半非实。昨夜心绪潮涌，思极而愈无头绪，以致一夜未眠。

十一日。初六日。星期三。热如昨，晴。巴先生询问外务部驻俄使臣塔，何名一时记忆不清，至晚始想起系塔什纳，号木庵。伊所问者，系庚子殉难之怀塔布也。闻昨晚日军围俄使馆，因此各国群起，几酿大乱。所闻如是。又报登上海保安队围陆战队官汽车，大山中尉用枪击毙，以致形势更加严重。近日时局实难揣测，言人人殊，报载失实，难知真相。

十二日。初七日。星期四。热仍昨。本拟上东城，因畏热未果。三时，空中飞机散传单，由机后放出，如烟少时散开，如蚁聚在空中，飞翔往北而去，甚为好看，似比一撮毛散纸钱好看多矣。传单云收南口为日军攻克,不知是否。夜间忽闻炮声在西南,声响甚近。少顷又远,不知系何军在何处。以声音而论,远则良乡,近则辛店。唯自昨日白面忽而大涨,福星八元,余亦七元以外,不知何故。大约闻上海、青岛等处将有战事,恐来源阻滞,再则奸商借此备而囤积,借口无货,故而暴涨也。

十三日。初八日。星期五。热与昨同。未敢出门。下午五时,本拟到四牌楼,因浓云四起,仅到锦什坊街少步。甫入大门,骤雨随至,约一时许,仍晴。早间闻西南有炮声,午后寂然,大约仍是良乡一带。报载上海形势严重,均未敢谁先开火,或中央以逸待劳,特此对峙,以疲其骄势,耗其军需,亦一策也。

十四日。初九日。星期六。夜阴,竟日微雨,晚晴。稍觉凉爽。报载上海十三日早九时双方开火,以后如何,尚无所闻。又,良乡有攻城巷战之说,究系何方攻城,亦无确报。街谈巷议,各有所说,不能凭信。

十五日。初十日。星期。晴。报载,上海自昨日双方开战,甚为激烈,华机出动轰炸,并炸法公共租界,伤毙外人不少,华民更不计其数。余揣此话未免失实,总之日方云华军惨苦,我方云日方狠毒,皆非事实。下午访月汀,遇松大、毓二诸人,各有所闻,各有各说,听之更加迷惑。适有卖号外者,即买一张,内云日海军将华军飞机场根据地全行炸毁一百卅余架。此说又未免太过。盖因谣传本日华军飞机轰炸北平之说,彼方故有此电。今日自早至下午五时,日机在空中飞翔半日,盖为防范也。有云日方占据平津后,亦无妥善计划。据余看,日方此次未免过于冒险,轻视中央。现在事既扩大,各处开战,恐亦有兼顾之虞。除每战必胜,倘若失利,亦甚可虑。蒋公训练军队亦有数年,况军人均深恨日本军队,数目既多,岂能每战必败。所虑者人心不齐,彼此不相援助,是一大病也。余终日在家,不闻外事,今日偶出,所闻甚多,令人疑惑不定。又闻巡警云,恐有奸人放火,扰乱居民。今将街市所有自来水管一齐开放,以备应用。

十六日。十一日。星期一。阴，有时小雨。上海战事甚烈。日机轰炸各处，如南昌、杭州等，均有炸毁。总之双方各报均系故甚其说，然无论如何，总无头绪可理。似此延长，不但中国不了，即各国亦影响甚大。如双方有一方稍有软化，再由各国调停，或有可望停止战争之日也。《华北日报》号外华军退至居庸关，足见前日之传单日军占据南口之说不确也。

十七日。十二日。星期二。半晴阴。到仁记，又涨二角。下午绍川弟由丰台进城，云日军由前线退至丰台，大占民房，并兼有本地穷人借此小抢，日军间有号人及东省人，亦进住户索要财物者。因此住居不能住，入城报告伯其及他人住房被占之事，丰台非前半月光景，据传闻，日军战事不利，且京城四外已被我军包围，后援不能接续，所有城内外日军，不知确数，大约亦不过万人，不能走出，陷于绝地。此话是否确切，亦不敢定。总之双方之话均不可信。最可虑者，如果日军不利，撤退时实属危险。又有云各国有冻款若干，保护日军出城四十里，日要求保其出关，各国未允。姑有此说，但愿如此，实为北平莫大之福也。今日闷热，虽未下雨，东方出虹半圈，极真。

十八日。十三日。星期三。半晴。文侪来谈。今日飞机数次侦察，四外情形不得而知。闻南口仍在华军手内，两次喧传日占南口，华军退居庸关之说不确。上海战事实情不知。

十九日。十四日。星期四。忽阴忽雨，一连数日闷热非常。唯街上行人不多，因有抓人之事，借此流言四起，人人惊恐，故此人不敢出，其实仅止一两次而已。上海战事仍烈，双方无分胜负。似此延长，如何是好。北平尚属安宁，但人心恐慌而浮动，后想更属可怕。然又无法趋避，焦灼万分。夜一时大雨，近月余湿气凝结甚重。

廿日。十五日。星期五。夜雨阵阵，日间忽晴忽雨。晚八时起大雨如注，约一小时渐小，少时又大，看有一夜大雨之象。战事无所闻。北平市长久悬，昨推江朝宗，此老年高，但用其名也。夜阴益沉，恐有大雨。夜间由南往北走马市桥汽车所过太多，约系日军开出城外。又闻日军退至妙峰山之北,想系由南口所退者,亦未可知。

廿一日。十六日。星期六。今日畅晴,为之一爽。午后三时,忽闻西北大炮数声,不知何故。晚十时,闻人声吵嚷,少时后街过汽车甚多,日军说话声甚众,亦不敢开门一看。又闻人云大炮亦来了,登时无线电亦停止,大家心惊。少时日人西去,众心始稍安。

廿二日。十七日。星期。阴。原拟上东城,伯瀛儿归外,因时事未果。今日仍闻炮声。飞机来回空中盘旋,均前后十余架,向西北而去。

廿三日。十八日。星期一。夜雨,竟日阴雨,六时始晴。早闻炮声甚大,接连一天,忽停忽放。傍晚飞机又来空中盘旋。据卖菜人由彰仪门外进城,云日军在良乡败退,许多伤兵在新世界等处治疗。夜间未闻声响,大约此次日军不甚得手,特意虚张,所谓欲盖弥彰也。

廿四日。十九日。星期二。由早至晚,飞机之声一天未断,不知何意。据闻日兵由良乡退下甚多,伤兵亦不少。午后出和平门,到福德厚买茶叶。闻该号人云,各城墙拔草安电话,大意为守城而设。今日虽空中飞机不断而街市行人照常,盖亦司空见惯也。

廿五日。廿日。星期三。竟日浓阴,偶落一小阵,连日阴晦。今早炮声甚密,仍系西南一带,竟日不止。三时飞机十架自北南飞,上灯后炮声渐止。传闻仍是日方败退,而报纸则云胜利,令人难测。

廿六日。廿一日。星期四。竟日浓阴。到东安市场,礼士胡同老七廿正寿。少坐即归。由西四至东四,路上行人稀少,车亦不多。自昨夜至今未闻炮声,下午七架飞机由南向北。报载日军各处均胜利,唯人言则否,实令人难测真伪也。

廿七日。廿二日。星期五。阴。下午出日,旋阴。战事无闻。晚十时,日兵车过后街多辆。日军在街上驻息,约十一点多,仍未开走。且叫各铺之门,云买白糖,未有敢开门者。少时闻日军彼此说话,不知何故在此暂息。又闻有南军在门头沟,有明日总攻击之说,未知确否。

廿八日。廿三日。星期六。昨夜日军多人在马市桥一带驻扎一夜，天明始去。今日畅晴，战事无闻。街上行人益少，车亦不多。报登英大使许阁森由京赴沪，乘汽车，途间遇飞机上机关下扫，中流弹。未登系中日之机，不知如何交涉。

廿九日。廿四日。星期。晴。日机仍飞行，比前二日较少。战事仍无所闻。

卅日。廿五日。星期一。半晴阴。日机仍飞行多次，战事无闻。现在趋重科学，遂将神道佛教、求签问卜、风水算命等事一律铲除，甚至孔教礼义廉耻道德亦全要打倒。至于童谣、谚语、谶语，全视为迷信。近年学界新出之如儿童节、父亲节、母亲节、寒食日为吃蛋节等等名词，又如航空、防空、无线、国币等，音同字异，如节与劫同；航与行同，银行空也；防与房同，房空无人住也；无线，无现洋也；国币，毙与币同，国家毙也；全都应验。旧有之善书中有风劫、雨劫、水火劫、雷电劫、刀兵劫、枪炮劫，亦均应验。真可谓天下大乱也。

卅一日。廿六日。星期二。自昨夜十一点下雨一夜。今日又是一天大雨如注，片刻未停。有时空中水声大下一阵，旋又稍小，继而又大，整整一天。今夜仍难停止。今日因雨大，飞机未来。似此大雨，近年少有也。

九月

九月一日。廿七日。星期三。阴。昨夜雨一夜，天明始止。今日仍阴，午后又下，幸未大下，少时即止。晚见日，天气稍凉。今日又闻西南方炮声隐隐，大约仍在长辛店一带。究竟前线如何，不得其详。连日报纸喧传，日军处处胜利，张家口、宣化、蔚县等处均已占领，南方日军亦占优胜，并派飞机到广东各地轰炸，随意嚣张，令人难信。所说南政府要人情形，确乎可信。近有稳健、武力两派互争，武力派又占优胜。并云不分国籍，一律仇视，则与从前义和拳一样，又似未免过言也。

二日。廿八日。星期四。今日出前门，正二个月未出城。到宴古斋，遇衡亮生，畅谈许久。到致美斋买月饼。前门大街、头二条、西河沿等处，是大号铺店均闭门，如正月初光景。街上行人车马均少。西单大街有威洋行亦关闭门窗，足见市面冷清也。

三日。廿九日。星期五。晴。昨坟地人来。前日又有人来盗坟，将头一位夫人棺盗开。近日已两三次，实在无法可办。近郊各处坟地，无一不被盗者。死人何辜，同此遭劫。中国以后将来不知到何等地步。堂堂中华，锦绣河山，竟为少数国民党诸人毁到如此，真真令人愤恨。此辈不知将来若何结果也。

四日。卅日。星期六。阴。下午晴。今日天气甚凉。稍有感冒。

五日。八月初一日。星期。午后晴。昨日微感，今已渐愈。近日战事无闻，究竟前方若何，不得而已。报载上海总是日方胜利，天天如此，似难尽信。

六日。初二日。星期一。阴。自清早至日落，飞机数架来往空中盘旋，有极高者，有极低者，又闻西方炮声不断，不知是剿匪抑系打仗。今日坟地治儿来，昨天又挖四座[1]，计算三块坟地，共坟廿余座，无一不被盗者。闻之令人悲愤，而又无法可办，真要将人气死。值此时世，被盗之坟，几几无坟无盗者，人鬼一同遭劫，只好付之一叹也。自六月初一日开火，至今六十二天，除雨即阴，真正畅晴，不到十天，老天亦难睁眼也。

七日。初三日。星期二。浑身无力，终日睡卧，不能吃。夜间昏沉。

八日。初四日。星期三。今日仍前请逢春主方，仍温暖疏通中焦，且看服药如何。

九日。初五日。星期四。终日昏昏，食不下咽，仍服昨方。

---

① 原文作“坐”，径改。

十日。初六日。星期五。今日稍好。晚食饭一小碗。

十一日。初七日。星期六。十一点。访逢春,已出门,将方留下。今日稍好,仍浑身乏力。

十二日。初八日。星期。取原方照服,仍无力。晚大雷雨。

十三日。初九日。星期一。一夜雷雨,天明始晴。今日叫瓦匠,前院东房已漏数次,屡欲叫瓦匠,因雨未果。今见已晴两天,瓦匠仅勾抹一日,又一场大雨,前功尽弃。又须另抹,尚不知天气能稳晴否。近两日始觉腹中较空,可食一小碗饭矣。

十四日。初十日。星期二。晴,早腹泄一次,仍周身无力。

十五日。十一日。星期三。晴。多年老仆老杜自前数日忽患腹泄,不能进食。素常比人身体壮健,但因年纪太高,至昨夜情形甚重。今日午后三点三刻逝世。当即报警,及卫生局领取执照。登时买一棺木,连抬带埋,共用十四元。埋于阜成门外义地完事。此仆已卅余年,为人忠实,不辞劳苦。虽近年已七十有五,仍操劳照常,真少有也。

十六日。十二日。星期四。晴。今早飞机十数架向南飞去,隆隆之声不断,不知轰炸何处。到养马营。

十七日。十三日。星期五。早十点,到逢春室复看。近日已愈,唯周身无力,气分太弱。今拟方以温中益气,佐以化痰养胃之药。试服两剂再看。今日远闻炮声,兼似炸弹,不知在何地。

十八日。十四日。星期六。理发。访文侪。初八日,晚大雷雨一夜。次早八点,大雷雨将朝阳门箭楼雷劈楼顶,将兽头霹下,又将内中柁标燃烧,雨大火猛,无从施救。燃烧一日,全行烧毁。有人见楼上墙内有一石碣,上有八句,抄写"何分桥柱如趸底,居此东门伏犬牙。日落芦沟台上路,送人几度出京华。天皇地皇与人皇,三皇头上有红光。八月十五元月亮,九月十五日到海洋"等八句。内中或错字,或隐语,令人不解。姑录于此,以待后验。今日是九一八失东省之日,警察局传各铺各备小红灯笼廿个以作记念。明日又是秋节,须加意防范。夜十一点多，阜成门大街锦什坊街突闻枪声数响，以后即接连数次，均在西面，不知是城外抑系城内。明日再打听所因何故。此枪当然是日军所放者。

十九日。十五日。星期。晴。昨晚枪声系平则门外关厢抢一肉铺，有说一当铺者，不得其详。下午踏街，因两腿无力，走路迟缓。在四牌楼见有日坦克车十数辆，分量极重，声音震地。此车大致如汽车，唯车底前后四大轮，两旁十小轮，车上有一如同井口，又似烟囱。如行军时，人入其中，四面机关枪，前后大炮，硬向敌阵冲突，所向无前，但怕旋坑耳。

廿日。十六日。星期一。昨日中秋，平安度过。今日天气甚佳，苦无兴趣到养马营一看。

廿一日。十七日。星期二。到鹤年堂买药。

廿二日。十八日。星期三。

廿三日。十九日。星期四。到金城。傍晚踏街，行至大和堂迤东，因腿软爬伏于地，将右腕戳肿。所险者初倒时觉头重，正对一石墩，幸而抬头，仅磕破头部少许，亦云幸矣。自前数日至今，总觉两腿无力，行走迟缓，愈慢愈无力，盖因年纪所限也。

廿四日。廿日。星期五。报载昨日保定攻陷。今晚提灯会，下午雷雨一阵。今日手腕仍觉微痛，两腿仍无力。本拟上东安市场，未果。

廿五日。廿一日。星期六。早微雨。下午晴。今日手腕已愈。

廿六日。廿二日。星期。上仁记，又涨二角。

廿七日。廿三日。星期一。上东安市场。今日街上日军甚多，市场日人亦不少，尚属规矩。

廿八日。廿四日。星期二。上西庙，游人尚多。近日报载日军各处得手，保定、沧州已占领。又闻保定复为南军夺回，又传如宋哲元、万福麟已经枪排之说。北平各报均系日报，南报消息不通，而南报所传日军失利，总之两处之话均不可信。

廿九日。廿五日。星期三。晴。下晚文侪来谈。闻得厨子出顺治门外,听有两老者谈云,有接到南政府传单,云在此两月之内,北平居住人民速觅安善之地方躲避,因拟派飞机多架轰炸北平,特此预告,不得自误等语。此人所闻如此,并未见此传单。此事原在意中应有之举,至于准来否,或作此喧传,或有奸人惑乱人心,亦所难免处。此时局四外何地方算安善,况四外匪人丛集,亦无处可避。总之逃走与不走,两害平均,莫如不走。应在数中,逃亦难免;不在数中,坐以待之,应天由命可也。此余之拙见,不知有同意者否。

卅日。廿六日。星期四。早大雷雨,午后方止。今年原定今日辰巳两时,为内人及二弟、四弟妇等安葬,因城外受战事之害,匪人聚集,抱挖毁坟地,因此不能办理此事。可巧今早又值大雷雨,不办亦好,且俟时局平靖,不论何时,均可安葬。盖因三块坟地廿余座坟头,无一不抱者,尚有何风水可讲乎。

十月

十月一日。廿七日。星期五。访月汀,未晤。见其夫人,闻近日各旧大宅坟地被刨者甚多,最近以沙井胡同铨慈平之坟地,六条崇中堂之坟地,此均刨发大财者。如麻花胡同桂公爷等之坟地,亦均有财宝,其余者甚多,此盖死人之劫数也。

二日。廿八日。星期六。午后出前门,头二条各玉器铺仍然闭户度日。如祥字号虽然开门,货物甚少,琉璃厂凡古玩铺亦均关门,均不如西单繁盛也。今晚新新戏院演义务夜戏,明日星期,尚演一晚。

三日。廿九日。星期。阴,甚凉。两晚义务夜戏。

四日。九月初一日。星期一。访文侪。近因火车各路不通,诸货不能运平。绥路不通,以西土凉州货缺少,价值日涨。货物日坏,昨购之物价至三元八角,而且加料。仁记尚且如此,不知他处何如。

五日。初二日。星期二。晴,风,上养马营。

六日。初三日。星期三。上东安市场买丝袜、线袜各一双。

七日。初四日。星期四。到金城、西庙。

八日。初五日。星期五。西庙买文竹二盆，价仅二角。

九日。初六日。星期六。半阴。下午到哈尔飞听富英《戏妻》、《打渔杀家》，均尚佳。上座八成，唯散戏时刑部街由西至东，日本兵车约有数十辆均停于街心，戏院北面所停洋车、汽车，均不能行动，只好走出胡同雇洋车，回家时已七点，到家，少时车亦回家矣。

十日。初七日。星期。晴。

十一日。初八日。星期一。夜忽起狂风，气候骤寒。早起六点小解，忽然水泄清水。一天共泄八次，夜间一次。

十二日。初九日。星期二。早仍泄清水，一天共七次，随屁而出，幸而甚少。大概系大肠偶存积水，随天气改变以致泄泻。虽无大碍，然不免又伤元气，且看明日如何。倘仍泄水，拟赴逢春处一诊；如愈，则免又服汤药也。今日天气清朗，有风，若非身体无力，拟赴北海一登小白塔。记得去年今日在塔院遇吴老先生，七十九岁，步履如常，且能上塔院，真难得也。

十三日。初十日。星期三。今日腹泄已愈。晴，暖风。

十四日。十一日。星期四。夜雨，天明晴。

十五日。十二日。星期五。上西来顺买羊肉。

十六日。十三人。星期六。早阴，午晴，起大风，气候渐寒。晚屋中生小火炉。

十七日。十四日。星期。

十八日。十五日。星期一。承之来谈，日落始回家也。

十九日。十六日。星期二。晴，暖。上养马营。

廿日。十七日。星期三。晴，访文侪不遇。游西单。午时净街，日本大将路过，马路旁小摊全收。少时仍旧。从此谣言大起，令人可笑，足见北京人之程度太难也。谣言何语，云宣统已来，所以静街，尤有云日皇亦来，此等言词，岂不大可笑耶。

廿一日。十八日。星期四。晴，暖。墨老太太七旬正庆，因时局未能举办，仅八角鼓而已。近闻南军颇获胜利，未识确否。

廿二日。十九日。星期五。晴，暖。广济寺诵经。观音得道日，祈祷和平。

廿三日。廿日。星期六。到正兴德买茶叶，顺道游宣南市场。比海王村加大，各摊皆有，甚为热闹。天桥各摊均迁移此处。闻天安门内亦开市场，仿佛铁展会，拟日内一游。

廿四日。廿一日。星期。上养马营。联三拟投机卖明年时宪书，或可稍得余利。向余借洋二元。此亦帮忙之事，登时付其两元。至于还钱，则听之可也。

廿五日。廿二日。星期一。上东安市场东来顺买羊肉三斤，价钱落至五角六分。因口外来羊，故而落价。今日姨太太生日，恐有客来，特购三斤。熟[①]料一客未来，所余明天再吃可也。

廿六日。廿三日。星期二。出城，到天安门游市场。恐难持久，不如宣武门外之市场也。

廿七日。廿四日。星期三。早微雨，午晴，并不冷。

廿八日。廿五日。星期四。看视姑太太，病已见好，唯气弱耳。访承之，晤谈时许。今日北风，微冷。

廿九日。廿六日。星期五。

卅日。廿七日。星期六。

卅一日。廿八日。星期。游宣南市场。

十一月

十一月一日。廿九日。星期一。

二日。卅日。星期二。趁天未大冷，将院中各样花草移至屋中。冬天大冷，或不至冻毁，然亦不敢定。

---

① 原文作“熟”，应为“孰”。

三日。十月初一日。星期三。到后门大街福祥货庄，口土又长至四元八角。因其柜上人架子十足，未买。顺至东安市场一游。八点五分，忽然窗纸齐鸣，稍觉摇动。大致系地动，不过甚轻微也。

四日。初二日。星期四。到仁记购西北两掺四两，价仍四四。

五日。初三日。星期五。到养马营。铨慈平作媒，提议丛照丹之孙女与续格续弦，并将八字帖、像片送来。女之像片尚佳，细长身材圆面孔，看来似颇能料理事务，但难在知性情也。

六日。初四日。星期六。

七日。初五日。星期。出前门。宴古少坐。

八日。初六日。星期一。访文侪。到金城提五十元。

九日。初七日。星期二。理发。

十日。初八日。星期三。访月汀，晤谈。

十一日。初九日。星期四。到养马营。借给祭席票一张，中华饭店三元五角，纸锞四篓，送给绍幼琴双幅末本缎幛，四元。席票、纸锞、素烛。

十二日。初十日。星期五。

十三日。十一日。星期六。绍幼琴灵不能运京，今日在贤良寺诵经，送库，人尚不少。

十四日。十二日。星期。大晴暖。现又增加房捐，住房前后房间核实，屡次调查，增加捐数。房间竟比实房尚多两三间。多年如此，不便为二三角争辩。今又增加游廊六角五分，前院计为一等五间，二等三间，加九角。前后院共加一元四角七分。似此虐政，无论何人来，只有增加，绝无减少。幸而前院春间租与巴先生，否则至今亦不能租出，即或租出，经此事变，亦恐有迁移之虑。虽空闲房屋，亦要照纳，此真不讲情理之尤者也。值此时局，只有忍受，恐遇此无翻身之日也。

十五日。十三日。星期一。

十六日。十四日。星期二。

十七日。十五日。星期三。两日均阴天。午后细雨霏霏,如烟似雾。今日午二时,第一舞台失火,至五点完全烧净,只余门口罩棚未烧。记得第一台落成在民国三年三月,闻开幕之期,门口罩棚失火,听戏者饱受惊慌。幸而内部未烧,仍常演戏。迄今廿三年,竟成四面砖墙壁立,与香厂新明大戏院同样。新明被灾已有十余年,至今未能复旧。今舞台又遭回禄,恐此后再修不易也。此台原起由杨小楼、姚佩秋二人创办,所费甚巨,但不知现归何人承管,与小楼有无关系否。昨夜微雨。

十八日。十六日。星期四。早阴,午后晴。今日初冷。

十九日。十七日。星期五。长安戏院听王又宸《失街亭》,恍如老谭复生,腔调神情稳重,处处神似。惜连良不唱此路戏,如唱,亦必另有好处。如富英仅有一条好嗓音,腔调虽偶有似处,总难免失于慌,至作派神情,则一无可取也。近来新享名之张君秋《玉堂春》,唱做均佳,如嗓音长久不变,将来或可步婉华后尘,拭目待之。是日此二戏均好,惜坐客寥寥,未免可惜。总之又宸虽好,而声名反不如富英,可见真懂老谭之人,日见其少也。

廿日。十八日。星期六。昨夜大风。

廿一日。十九日。星期。今日仍大风,极冷。北海尚未结冰,到礼士胡同,借放小定礼之荷包一对,玻璃匣一个,碧玺别子金如意一对。

廿二日。廿日。星期一。风冷。本拟看视姑太太,因风冷未往。到养马营送放定定礼,女家系丛照丹之孙女,寿吉征之女,年廿四岁,像貌中上。闻为言荫先女弟子,习学画花卉,家中甚清苦。将来过门后,或比自家较优也。廿二日放小定。

廿三日。廿一日。星期二。到仁记购土。陡闻该号掌柜薛稚儒忽于前三日晚饭后卒得紧痰,不容医治即长逝世,真令人梦想不到。余与彼并无深交,因其人颇直率,甚讲交友,且身体壮健,年五十三岁,身量高大,气足神全,竟致猝然不起,甚可惜也。

廿四日。廿二日。星期三。到养马营道喜。

廿五日。廿三日。星期四。

廿六日。廿四日。星期五。访文侪。

廿七日。廿五日。星期六。今接讣,继槐三逝世,初一日在嘉兴寺开吊。多日不见,不料竟尔长辞。

廿八日。廿六日。星期。茔地范治来,为地亩税契事。由本村村正作保,买得保结一张,五角,照声请书填写,即可捐税,无须登报找保等手续。此事早晚总要办理,待彼丈地时再办,则更麻烦,且须罚款。如自动捐税,仅花照章之费,大约亦不能少。

廿九日。廿七日。星期一。到养马营,送老太太鱼唇、玉兰片。

卅日。廿八日。星期二。五老太太生日,前往祝寿。

十二月

十二月一日。廿九日。星期三。自夜狂风陡起,声如雷霆,屋宇为摇。

二日。卅日。星期四。竟日狂风,气候极冷。

三日。十一月初一日。星期五。风虽止而寒气逼人。是午后到嘉兴寺,继槐三送库。归来小有招凉,左面肿起。

四日。初二日。星期六。冷如昨。面肿益甚。

五日。初三日。星期。晴,稍回暖,寒气仍重。今日面肿渐消,连日用万金油搽之,内里之热发散外出,故愈。

六日。初四日。星期一。茔地范治来,送来村区保长陈景和、甲长高汉章代写补税契白字二张,房地各一,保结声明书各一分。房地置价,地卅四亩六百八十元,房十九间六百一十元,共一千二百九十元。俟款备妥,即托其在城外稽征处办理。

七日。初五日。星期二。到金城提一百元,以备税地契之用。出城,到宴古少坐。城外气象稍好。

八日。初六日。星期三。到仁记。该号掌柜以稚儒第三子志文暂代，现在生意颇好。

九日。初七日。星期四。到东安市场。

十日。初八日。星期五。访月汀，被寒风所袭，周身不适。

十一日。初九日。星期六。竟日未出屋门，浑身无力。

十二日。初十日。星期。今日稍愈。仍未出门。

十三日。十一日。星期一。今早坟地范治来，取去税契款洋七十元。

十四日。十二日。星期二。今日因夜间痰嗽，未得安睡。终日周身无力，两腿酸软。未出门。

十五日。十三日。星期三。范治来云税契事。只办地契，因已逾限，仍按八分税，又加乏田赋洋九□，合十四元有零。此藉词加重，令人气闷，共卅四亩，统共合洋六十九元，加雇车吃饭三元零，共用七十三元。幸而房字未露，令其详细询问。余亦拟向财政局中人询问，城外四乡房屋税契是否与城里一律。俟探询明白再办可也。

十六日。十四日。星期四。昨日临时政府成立，家家户户通悬五色国旗，各贴喜联，可谓轻举妄动。且看日后如何。有云南京尚未全陷，听此信息，早晚总可攻陷。并闻南军仍在抵抗，蒋公究在何处，现在作战者是何人，究竟真情如何，均不得知。现在发传单痛詈南政府，所骂诚是，但不知以后我方有善政否。盼甚，盼甚。

十七日。十五日。星期五。风，冷。

十八日。十六日。星期六。近日咳嗽，时轻时剧。身体总无力，腿亦发软。更加畏冷，事事畏缩，懒于行动。

十九日。十七日。星期。晴，冷。午后又起风，入夜益猛，气候益冷。然寒暑表在廊间仍卅四度，并不见低。往年极冷时竟有十余度，甚或有十度之时，今尚差廿余度，何以即觉冷不可当耶。

廿日。十八日。星期一。

廿一日。十九日。星期二。连日气候寒冷，未敢出门。

廿二日。廿日。星期三。今日冬至节，晴天。访文侪。遇致小如，畅谈。

廿三日。廿一日。星期四。阴，冷，未出门。

廿四日。廿二日。星期五。到养马营。五老太太左眼仍闭，此症一时恐难速痊。若请许珍儒专门眼科诊治，似较他医有把握。

廿五日。廿三日。星期六。晴，午后北风狂起，气候暴冷。今日为叔宏五十正庆，不得不往。三点后到东安市场买洋点心，五点到礼士胡同，即觉寒气难支。屋中虽暖，犹觉发冷。入席，未敢举箸，即起，八点归家。仍周身发禁。盖因自身火力衰微，难支严寒。早寝。

廿六日。廿四日。星期。今日已愈。唯身体无力，未出门。冷。

廿七日。廿五日。星期一。到仁记，晴，冷。

廿八日。廿六日。星期二。出城，买茶叶等项。闻得德源兴、聚珍、聚源等四家共租华俄银行库房一间，以存储该四家之宝货。前数日尽数被盗，至今无信。据闻此四家乃玉器行之最富者，约损失当在六七百万之谱也。

廿九日。廿七日。星期三。

卅日。廿八日。星期四。

卅一日。廿九日。星期五。到养马营。

民国廿七年(1938)

一月

一月一日。冬月卅日。晴,大风,冷。未出门。星期六下午,叔宏来道乏。

二日。十二月初一日。星期。

三日。初二日。星期一。今早四点,养马营五老太太自十二点忽为痰堵,以前患头痛,又串至左眼肿痛,已经廿余日。今又猝患痰壅,神志不明。俟天明后前往一看,神气大非佳兆。少时伯华来诊。据云此次与前年大致相仿,然年老气衰,甚为棘手。姑拟行气化痰之药,但恐不易下咽耳。适慈平叔来,共议后事,大致始定。下午余又往视,仍如前状,恐难挽救也。

四日。初三日。星期二。上东安市场,到养马营,三点多钟。五老太太自前夜昏迷至今,至三点多忽然痰堵声大,少时即长逝矣。余将入门,正值其时,幸衣衾早备,旋即穿好,停于床上,俟明择时大殓。

五日。初四日。星期三。冷。五老太太未时入殓。即时用永吉杠房卅二人,大杠扣官罩,抬至西皇城根嘉兴寺,明日接三,初八日送库,初九日在该寺后菜园暂时地丘,以待择期出殡安葬。按五老太太一生为人周到,凡事讲外表。今值自己本身大事,应当风光办一大事。一因时局,不能出城安葬,一因姑娘之怪症,不讲情理,种种无理取闹,遂致将此一件大事,办的乱七八糟。幸有沙井胡同慈平大叔帮助人力财力,余则终陪伴此不通情理姑娘在家,致庙中无主事之人,所以草草竣事。俟初九日地丘后,可告一段落矣。今日大风,奇冷,寒暑院中仅十度上下，可谓冷也。

六日。初五日。星期四。昨记乃今日之事。今日冷极，十二度。

七日。初六日。星期五。今早寒暑表降至八度，此等度数不易见。到金城取利，提五十元。昨午前大奶奶屋中失去珠耳环一对，令人难测。前年余失翠烟嘴，是准知为某人窃去，今则难猜。除田姐外，无可疑之人。田为春间新来者，不到一年，看其人除好说话，终日乱说，做事因循迟慢，至其人品，尚不易知。人心隔肚皮，人人之心均不能知。此中情形，尚须详细留心访查，或可得知。亦许一时将此物收留于他处，登时一见无有，或许忘却放在何处，事亦或有，将来亦许找着，亦未可知。但恐护短不肯说明，在旁人亦有此一猜，姑记于此。

八日。初七日。星期六。晴，冷。早十二度。午后到嘉兴寺一看，停于正殿，又到庙后菜园，四围围墙，园约十余亩，在东南角开一坑约五尺，因天冷地冻，挖时极坚，现已开齐，俟初九日未时地丘，再俟择时局平安时安葬可也。余今年畏冷太甚，顷到菜园看开坑时，几乎支持不住。幸而无风，若如前日之风，不知冷至何度也。

九日。初八日。星期。今日五老太太在嘉兴寺诵经，送库，番禅对台。余仍未能到庙，在家陪伴姑娘。

十日。初九日。星期一。早午前到金城换约，改一年期。五百元，利九厘，到期本利并付。其所余五百改为活期，以备随时支取。到养马营，仍陪伴姑娘，近两日尚好。今日未刻，老太太浮丘于该庙菜园，四点竣事。

十一日。初十日。星期二。到保商银行转期一年，特别利一分，一年整付。下午到养马营。

十二日。十一日。星期三。到养马营。下午慈平叔亦到。开发账目，各账均清，唯庆和堂与永吉两处，因价值太过，须再磋商。大约此棚事除衣衾、材早备外，共用四百六十余元，尚不为多。不过办的未免杂乱，盖因无人主持也。

十三日。十二日。星期四。飞雪半日，惜乎太小。晚晴，到永吉还账。原开九十五元，还八十二元，算是了清。

十四日。十三日。星期五。晴，冷稍减。到仁记，仍四四。万国理发馆理发。自十月初七日至本日六十七天，实因天寒畏冷，耽延日久也。

十五日。十四日。星期六。上东安市场购电灯泡子三个。亚司令由五烛至五十烛，近涨至四角一个，若六十烛，须六角五，七十烛七角，五百烛一元。中国则廿五烛二角。

十六日。十五日。星期。到养马营一视。同和堂曹理斋开吊，来宾无多，祭帐、挽联亦不算多，中间有徐总统菊老匾一联一，惜记忆力太差，虽登时强记，旋仍忘却。

十七日。十六日。星期一。早巳刻，雪花初飘，旋即梨花乱舞，眼花缭乱，顷刻大地皆白。至三点，忽然日出，约有一寸多厚，少时又浓阴，至夜仍阴，不知后半夜能再下否。

十八日。十七日。星期二。晴，雪后颇暖。访月汀，畅谈。

十九日。十八日。星期三。到养马营。夜，大风。

廿日。十九日。星期四。大风，奇冷。到仁记。

廿一日。廿日。星期五。风半日，冷倍。到养马营。近闻外边传说南军颇胜利，现已撤使，正式开战。不知是何情形。唯闻日方颇难支持，且看各国动静。

廿二日。廿一日。星期六。晴，下午又起狂风，其冷加倍。到庆林春定供菜七桌。今年肉价极贵，每桌合一元八角，带点心、花卷，比去年多一元有零。

廿三日。廿二日。星期。晴，冷。扫房。到养马营。

廿四日。廿三日。星期一。到金城取利，提一百廿元。到养马营。晚八点，忽又起大风。

廿五日。廿四日。星期二。一夜狂风，又连一天，非常之冷。本拟出城，未敢前往，姨太太代办。

廿六日。廿五日。星期三。到养马营。

廿七日。廿六日。星期四。

廿八日。廿七日。星期五。到养马营。

廿九日。廿八日。星期六。晴，不甚冷。步至四牌楼。

卅日。廿九日。星期。晴。开付账目，上供行礼，下午到养马营。巡警传知各家上灯后不准放炮，违者受罚。是晚虽然有炮声，究属寥寥。似此等除夕，自入民国以来，几乎年年戒严，不过今年又当别论矣。

民国廿七年一月卅一日。夏历戊寅正月初一日。元旦。星期一。晴，风稍冷。余因昨日祠堂、佛堂行礼太多，今日两腿酸软，周身乏力，未出门，在家静候拜年来客。近年亲友日见疏远，过拜年者，仅十余家而已。

二月

二月一日。正月初二日。星期二。祭财神。到姑太太家拜年。拜承之，未晤。归来时承之来拜，晤谈少刻。晴，风。

二日。初三日。星期三。早饭后食不消化。三点后到养马营。晚下雪。文侪、浩如拜年，均未晤。据浩如云，近日南军收复失地甚多，日军有难以兼顾之说。闻上海日将松井向本国请救之说被驳，并谓军少不敷支配。此说似乎可信。

三日。初四日。星期四。东城拜年数家。

四日。初五日。星期五。到养马营。

五日。初六日。星期六。未出门。

六日。初七日。星期。大风，冷。未敢出门。

七日。初八日。星期一。到金城。冷。行至斜街，忽止车马。到养马营。姑娘连夜未得安睡。

八日。初九日。星期二。大风，极冷。姑太太来。田辞工。

九日。初十日。星期三。晴，冷。自去年冬至起，一日冷加一倍。更因今年气体衰弱，畏冷太甚，不敢出门。本拟至火神庙一游，因畏冷不敢前往。

十日。十一日。星期四。祝叔宏夫人寿。

十一日。十二日。星期五。天气回暖。午后独游厂甸、火神庙，人甚多。各摊无出奇之物，少游即归。

十二日。十三日。星期六。

十三日。十四日。星期。天气极佳。往年备席二桌，今仍照备。唯来客甚少，晚席仅坐一桌，男客马文侪、致小如，女客悦九太太、姑太太而已。

十四日。十五日。星期一。到养马营。

十五日。十六日。星期二。到仁记。价仍旧，味尚佳。晚忽起狂风，又要大冷。

十六日。十七日。星期三。到养马营。竟日大风。

十七日。十八日。星期四。晴，风。未出门。

十八日。十九日。星期五。灯草杰南送库。礼士胡同道谢。

十九日。廿日。星期六。到拈儿胡同，致十未晤。

廿日。廿一日。星期。到养马营。

廿一日。廿二日。星期一。出城。

廿二日。廿三日。星期二。长安戏院听竹友《戏凤》、《金水桥》，甚好，面目虽稍较老，尚不甚难，嗓音稍干，身段稳重，自然当年名下无虚。今日上坐甚多，不知实数若干。

廿三日。廿四日。星期三。到养马营、金城。

廿四日。廿五日。星期四。万国理发馆理发。今日拟留底须，俟下次理发时，即不刮底须矣。

廿五日。廿六日。星期五。

廿六日。廿七日。星期六。到养马营，晚间无事闲谈，令文二弟择一留下须之日，择于二月廿六日，理发即留下也。

廿七日。廿八日。星期。访文侪，畅谈。昨日见市府令电气管理副局长，叔宏得此优事。

廿八日。廿九日。星期一。二月平。

三月

三月一日。卅日。星期二。访月汀、叔宏贺喜，因有饭局，少坐同行。

二日。二月初一日。星期三。到仁记。口货又增二角，四元六角。以灰五两易之，合二元二角，价尚公平。

三日。初二日。星期四。

四日。初三日。星期五。下午五点，到白庙祝文侪寿。客仅致小如，其余均本家。及晚亲华德药店购小烟卷五枚，合一元，甚佳。唯长久渐不合宜，未免太昂。

五日。初四日。星期六。连日阴云，颇有雨意。

六日。初五日。星期。狂风，奇冷。晚自六点起，演习防空，预备灯火管制，明灭三次，即行防备。屋中电灯用黑色布罩之，不使光芒漏出。院内灯满灭，至十点止。今日是初次演习，以后恐难免常川演习也。

七日。初六日。星期一。风冷。

八日。初七日。星期二。月汀约福全馆晚饭，同坐有李雅泉、乐云孙、松氏昆仲、冯二、金三，菜极佳。

九日。初八日。星期三。风，冷。

十日。初九日。星期四。风，冷。出前门。

十一日。初十日。星期五。

十二日。十一日。星期六。

十三日。十二日。星期。无意着凉。手指尖、浑身无力。

十四日。十三日。星期一。今日仍与昨同。

十五日。十四日。星期二。早到逢春家，恰值赴津。自拟一方服之，微效，唯仍食不下咽，口苦舌干。

十六日。十五日。星期三。仍服前方，加减，但求能吃，许即好。

十七日。十六日。星期四。汪逢春诊治，服药两剂，口苦舌干照常。此次虚火上沿甚剧，拟一半日再往一诊。要紧者食物不能下咽。晚在福全馆一聚，菜蔬甚佳。仍然咽之颇难，此唯虚火膨胀，非降此火不易治也。

十八日。十七日。星期五。今日仍与昨同，口干舌燥，浑身疲倦。勉赴福全馆，仍是不能下箸。

十九日。十八日。星期六。早居然出恭未大吃力。肚腹松快，终日仍不适。拟明早仍访逢春一诊。此次虚实火均在上焦，所以口苦舌干，口渴时时，如冒烟然。

廿日。十九日。星期。十点半。至逢春再诊。昨日口苦舌干，今日仍前方，改为清香运化，仍须再出大恭，陈滞一清，火自降也。

洗俗斋诗草

励　志

昂藏七尺躯，侥幸为男子。我辈读诗书，所学为人耳。丈夫贵品行，坚操毋自縻。莫随时俗流，龌龊真可鄙。兢兢持此心，所立方卓尔。慎勿忽颓唐，一蹶不复起。怠惰日相仍，如付东流水。奔趋日以下，悠悠何底止。可惜好须眉，没世无人齿。自强有明训，所期在砺砥。不堕亦不懈，惕惕勤终始。出则为良吏，处则为端士。古人执玉言，于斯乃称矣。

上元侍宴

金莲万叠迓仙舆，禁闼沉沉玉漏徐。瑶岛月明晴雪后，锦城风暖落梅初。衣沾湛露承恩重，诗咏阳春愧学疏。正是霞觞同祝嘏，君王又赐紫金鱼。

云阶月地敞琼筵，共睹銮舆下九天。凤沼波涵仙仗影，鳌山光绕御炉烟。楼台春暖融花草，剑佩声清和管弦。近沐恩波瀛海上，九霄雨露自无边。

春　夜

风定漏声遥，轻寒已渐消。千金难换夜，一月可怜宵。有酒供酩酊，无人伴寂寥。挑灯栏外立，睡足海棠娇。

漫　成

夜静漏沉沉，消愁一曲琴。不知千古意，谁解七弦心。风细香初袅，宵深月正临。花边拂苔坐，凉露湿衣襟。

题画为溥镜泉森表弟作

松老云闲野趣深，茅檐幽绝静尘心。闭门不管人间事，独坐山窗理素琴。

戊午春奉使喀尔喀塞外

碌碌轮蹄可奈何，良辰偏在客中过。极边春晚莺花少，大漠寒深雨雪多。对月笳声时断咽，临风树影自婆娑。平沙万顷苍茫里，怕听胡儿马上歌。

可园镜芙轩题壁

几树垂杨绕画廊，镜芙轩外水风凉。何能化作闲鸥鹭，消受一池菡萏香。

题画上美和宝友梅旃原韵

玉貌云鬟孰若俦，倩谁妆饰太风流。娉婷帘下常含笑，袅娜人前未解羞。环佩无声春寂寂，琴书有伴夜悠悠。漫言孤负莺花梦，如此红颜不白头。

试将妙笔写温存，静向芸窗仔细论。对我无情偏作态，使卿解语更消魂。谁家宝镜留钗影，何处苍苔印履痕。寂寞春宵鸳帐冷，一钩新月伴黄昏。

小游仙

本是逍遥自在身，人间踏遍软红尘。等闲趁得长风便，好向瀛洲访玉真。

雨过遥天落照红，蓬莱顶上挹清风。爱他五色云容丽，笑掷鸾绦系彩虹。

几点晴空寂寂星，九霄露夜冷冷□[①]。闲将铁笛吹明月，为引蛟龙出水听。

虚舟无恙不惊波，看水看山日咏哦。犹记天台春色暮，一溪新涨

---

① 此句底本原脱一字。

落花多。

种　花

满肩清露买春回，珍重芳姿手自栽。待月今宵添翠影，临风几处破苍苔。四围艳色关心领，一片生机触手来。应有秾华酬令节，寄言羯鼓莫相催。

只恐春归万卉迟，泥封泉溉自筹思。寒消竹径新晴后，云覆茅檐欲雨时。清课辛勤我惟任，芳情缱绻有花知。长安豪侠休相笑，半是因缘半是痴。

杨花送春二律与钟兰生祺驾部合作

花事阑珊客去时，轻风淡淡写芳姿。一痕糁径柔飔弱，几点飘空落照迟。萍叶有根浑欲化，柳丝无力慢相羁。等闲莫道无才思，也共飞花入砚池。

韶光九十去难停，岁月催人鬓上星。莫把襟怀矜浩落，那堪花事又飘零。情终致恨谁能遣，醉可消愁转怕醉[1]。任我劳骚春不管，帘栊草色自青青。

夏月雨后

薄暮天容霁，柴门纳晚凉。草随风作态，花借雨生香。蝉韵收深树，蛙声闹野塘。依依高柳外，初月洗清光。

采莲曲

两岸垂杨绿，十里藕花鲜。相邀诸女伴，同上采莲船。
不着白练裙，半挽红衫袖。倒影入涟漪，妾比莲花瘦。
素手折新荷，红裙戏碧波。怕教游客见，不唱采莲歌。

---

① “醉”字失韵，系底本原误。

小小木兰舟，轻向湖心荡。羞见睡鸳鸯，低头摇画桨。

侬爱莲茎绿，不爱藕花红。问侬果何意，为郎制碧筒。

点水两蜻蜓，浴波双燕子。采得并头莲，暗地心欢喜。

秋 晓

院静歇残漏，天空横碧云。疏星四五点，秋色二三分。修竹影未动，晚荷香尚闻。临轩听啼鸟，独坐绝尘氛。

新月日下联吟社题

半轮残日下烟墟，隐约清光已渐舒。杨柳楼台新雨后，梧桐庭院晚晴初。斜垂弓影弦将上，淡扫眉痕画不如。遥忆潇湘秋色里，玉钩低处定惊鱼。

苍茫暮色隐层岚，一线微光上蔚蓝。蟾魄欲分秋未半，蛾眉轻逗夜初三。试看浅浅横银汉，已见纤纤落碧潭。寂寞南斋帷半掩，清辉演漾到诗龛。

满榻新凉宿雨收，柳梢初见月如钩。一痕银汉斜留影，几缕微云澹写秋。独客凄凉空寄怨，素娥窈窕不生愁。广寒宫殿深深处，丹桂天香已暗浮。

静对遥山月一眉，盈虚妙理任相推。但看神彩微生处，转胜精华正足时。皓魄每逢云翳妒，清辉恰与水天宜。须知三五团圆日，玉璧先从满处亏。

赠徐石甫受麐茂才

我爱徐石甫，诗成见兴性。忠臣真有后，狂士岂徒名。著作千秋想，驰驱万里程。壮怀何所寄，匣剑似龙鸣。

秋 风

飒飒来何急，萧然动远愁。惊回千里梦，送到一天秋。残叶马前坠，淡云鸦外浮。征衣何处寄，肠断古凉州。

冬至前一日

寒重朝晖淡，霜华满凤城。冻云低欲坠，栖鸟噤无声。天作苍凉色，人多感慨情。梅花如有待，明日一阳生。

壬戌春奉使东浩齐特塞外

遄征北上费驱驰，又负金台艳丽时。去年春随扈木兰。异地风云惊客眼，故乡花鸟系人思。迢迢远梦凭谁引，默默闲愁只自知。欲倩塞鸿遥寄语，暮春天气是归期。

赤城道中

漠漠春阴剪剪风，使车款段赤城东。平沙曲水添新碧，细雨飞楼隐淡红。千里人归关塞外，十分春到画图中。清幽更有青山下，错落枫林绕梵宫。

落　叶

陡觉严霜五夜侵，丹黄处处绘疏林。一天诗思催征骑，万户秋声入暮砧。偶共残云捎屋角，乍经寒雨积墙阴。伤心人亦愁离别，不禁淮南感叹深。

摇落何须感岁华，饱霜老干尚槎枒。绿阴散尽初闻雁，清影凋残易辨鸦。水国云沉渔子艇，山村薄暝野人家。天公妙作深秋景，点染殷红衬菊花。

和益斋上公果齐逊镜中菊影原韵

篱下霜姿已出尘，移来镜里更无伦。寒芳有意闲留照，秋水多情为写真。且向空中窥色相，好从淡处见丰神。任他风雨黄昏后，清景依然对主人。

重过宜园感赋有序

宜园者，先外祖贝勒讳奕纶退食所也。余幼时随侍先慈寄居其中，庭轩花木之盛，习与流览。己酉岁移居后，园亦凋落。今则蔓草荒烟，无复当年之概，聊为数①以志感焉。

不尽沧桑感，愀然忆昔时。辛丑岁随先慈寄居于此。愁怀空黯黯，秋色正离离。断壁如迎我，雕梁又属谁。时有出售屋材之议。可怜旧园户，青鬓已成丝。

记得华堂辟，繁花四面遮。依然山径曲，无复板桥斜。不见飞双燕，空闻噪乱鸦。丛丛荆棘里，谁问旧窗纱。余庆堂

欲证儿时事，虚窗步一回。伤心红叶外，挥泪翠云隈。翠云斋，侍先慈居此。此日看秋色，当年读荻灰。沾襟空有泪，风木动余哀。翠云斋

少小曾游地，重来最怆神。瑶阶堆落叶，灵石卧荒榛。有太湖石高丈余，云波千叠，奇物也。冷日添新恨，西风识故人。盛衰无限意，谁欲问前因。清越浮岚

独向西风立，遥天日又曛。花残谁爱护，叶落自纷纭。乱竹荒亭色，苍苔破壁纹。凄凉废基上，曾记读三坟。慕晋斋，余从紫垣舅氏读书于此。室外松篁交翠，思之如在目前。舅氏讳载纲，爵镇国公。现奉祀质庄亲王。

艳说春明日，笙歌暮复朝。当年花簇簇，今日景寥寥。只有临风角，园近城楼，秋日每闻角声。谁听隔水箫。无情庭外柳，犹自舞长条。寄畅斋

不见松阴密，茫茫百感生。风光流水去，秋色断云横。到眼皆陈迹，关心忆旧名。亭下为含薰阁，极曲槛幽廊之胜。荒芜亭下路，犹有月华明。待月亭

---

① 此疑脱一字。

一掬兴衰泪，泫然欲洒衣。星霜才几换，景物已全非。凄恻空凭吊，留连不忍归。悲怀谁共诉，无语立斜晖。

对 酒

庭前木落秋气深，黄昏月暗凝秋阴。玉杯相对意自属，好教绿蚁破萧森。欲呼欧阳作醉友，茫茫今古应知音。醉翁之意另有寄，无弦不见渊明琴。欲凭一滴浇出清凉境，肯使尘俗扰扰萦胸襟。呜呼，达士情怀宜浩落，超然不许愁相侵。君不见，长安市上狂吟客，一斗醇醪万古心。

秋暮有感

一夜西风乍作威，晓来霜气逼晴晖。阶前晚菊冷才放，窗上寒蝇冻不飞。诗句半从愁里瘦，游怀偏向病中违。匡床竟日和衣卧，辜负今年紫蟹肥。

塞上曲

冷月生芒照大旗，胡笳声咽北风悲。五更霜压穹庐顶，满饮蒲桃醉卧时。

万顷平沙积雪明，轻装小队趁宵征。夜深直上天山顶，飒飒风吹铁甲鸣。

饥鹰怒马合重围，小猎平原兽正肥。射杀山中白额虎，千人齐簇锦鞍归。

乳酪琼酥野宴开，辕门暮雪照轮台。叵罗快饮黄羊血，秃袖胡姬进酒来。

易州差次车中口占

青山如笑柳如颦，画出燕南自在春。多谢山灵真解事，作将好景慰行人。

冒雨冲风正苦辛，谁将消息问芳春。那知马足车尘里，有个偷闲觅句人。

己巳中秋前一日奉命调补广州汉军副都统纪恩

欲报涓埃尚未能，龙光又荷倍兢兢。隆施不以庸愚弃，重寄徒令感愧增。月满中天垂湛露，春深南海凛渊冰。小臣自觉叨非分，谨守心盟敢自矜。

谢恩恭纪

昨日洪恩降九天，丹封朝上秉心虔。宣传虎节秋方半，人拜螭阶月正圆。高厚已曾三世荷，下惟惟向五中镌。樗蒲久愧无才识，为纪隆恩著锦篇。

陛辞纪恩

稽首瑶阶拜玉京，天恩今又赐殊荣。感深慈训开愚钝，愧少微劳报圣明。绣服远辞双凤阙，铜符新领五羊城。九重雨露真无际，曷胜瞻依孺慕情。

留别同社诸友

分襟谁复听骊歌，无限离情可奈何。后会总期还掩泪，清词曾记唱回波。也知南海新交好，毕竟燕台旧雨多。挥手自兹江海去，一烟帆水独吟哦。

日暮金台判袂行，西风落叶促长征。早知此际难为别，转恨平时太有情。炎峤相思人万里，故园归梦夜三更。离筵未设肠先断，何况当前唱渭城。

任是天心雨露新，知音小别也伤神。欢情空说三年约，别恨应随万里身。羊石军声期静谧，燕山风骨看嶙峋。愿君同励松筠节，留取清名慰远人。

扁舟南去别相知，正是旗亭日落时。愧我风尘违旧雨，感君金石入新诗。阳关莫漫歌三叠，岐路留连酒一卮。回首蓟门秋色里，暮云春树不胜思。

留别希荫浦驾部文

一卷新诗好，言情此最真。感君惜别意，慰我远行身。肠断江天树，心伤驿路尘。知音原有分，况复结芳邻。

两载金兰契，三生翰墨缘。何期游宦海，从此隔云天。别泪背人洒，柔情暗地牵。恐伤行客意，不肯对离筵。

留别希赞臣通侯元

契结金兰已十年，分襟那得不凄然。诗才自觉居君后，仕路何期让我先。惟祝恩伦垂北阙，也持节钺到南天。清操勿堕平生志，好与梅花证旧缘。

情深骨月[①]最难分，欲唱骊歌不忍闻。四海论交谁识我，一生知己独称君。清心共许盟寒月，远别何堪感暮云。珍重鱼书频寄好，要从锦字挹余芬。

离恨依依对祖筵，片心聊倩寸笺传。新诗切忌干时政，醇酒应知误少年。交果投机非必淡，事真难处不妨圆。赠言规谏还多事，守正君如铁石坚。

惆怅西风促我行，一樽何以慰深情。论交岂只同诗酒，结契真堪似弟兄。花月闲吟联好句，同在日下联吟社。松筠高节订清盟。从今南北音川隔，应有相思两地萦。

留别钟寿蘅驾部祺暨其弟丹五比部瀛桂

比邻几载订心期，一旦秋风促别离。愧我才华输伯仲，羡君格调

---

① 底本作“月”，疑为“肉”字之误。

继埙篪。春花结社联吟日，秋雨挑灯夜话时。此日片帆分手去，蓟门回望最相思。

满天秋思去他乡，未唱阳关已断肠。握手几回情转切，牵衣一霎话偏长。莫将远道怀南海，好励前程慰北堂。临别赠言须记取，从来仕路忌疏狂。

临　别

旗亭一樽酒，未饮心先醉。恐伤良友情，强忍临岐泪。举眼望长空，白云任风吹。看彼无心态，悟我牵情意。大笑别知音，疏林正苍翠。

出　都

瑟瑟西风里，驱车出凤城。黄花恋行客，流水动乡情。我自伤离别，伊谁伴远征。家山回首望，一片暮云横。

云黯旗亭远，依依意尚殷。愁怀随落叶，秋色在斜曛。楼影望犹见，市声远不闻。朋侪从此别，倚轼叹离群。

宿张家湾

北望未百里，南来第一程。客从今日作，人尚故乡情。偶语问前路，闲吟对短檠。此行须砥砺，珍重寸心盟。

张湾晓发

昧爽征轺发，邮程近水边。马嘶红叶渡，风过碧云天。帆影荡初日，铃声破晓烟。家山何处是，回首认幽燕。

取道天津

束装几日出京华，款促辚辚薄笨车。古道迢遥沿绿水，远山缥缈隔红霞。不由吴会云中路，欲觅张骞海上槎。自笑风尘颜际俗，羞从庾岭问梅花。

晚至蔡村

残日晚苍茫，沙平驿路长。林深枫叶赤，秋老菊花黄。茅舍灯初上，田家酒正香。解装谋小憩，儿女话沧桑。

晓　发

鸡唱漏声残，凌晨上玉鞍。梦随孤月冷，人逐晓风寒。景好诗情活，沙平眼界宽。遥知金阙里，剑佩集千官。

蒲口道中用前韵

柳疏林色淡霜华，冀北秋随款段车。千斛闲愁归逝水，一杯村酒醉流霞。纡途欲避三江路，泛海须寻万里槎。更喜秋光助行色，迎人处处有黄花。

天津旅舍题壁

小住繁华境，红尘满客衣。解鞍怜马瘦，举盏爱鱼肥。景物同乡国，风光艳帝畿。所欣游兴惬，惜与赏心违。

晚泊大沽海口

款款征帆歇，前途暮霭昏。晚云低海口，落日下津门。急橹摇深港，疏钟动远村。殷勤弄舟者，指点说潮痕。

黑水洋放歌

读书每忆导黑水，航海我来黑水洋。黑水之水莽无际，狂澜万顷连遐荒。其深无底色如墨，蛟龙窟宅中潜藏。巨浪千堆推蜃气，潮头百尺掀鼍梁。风涛激撞日继夜，似闻冯夷之鼓声硠硠。况值浓云匼匝腥雾喷，举头不辨天青苍。昏昏之中似有见，恍惚天吴海若齐腾骧。须臾一龙蜿蜒掉尾挂云际，晦暝犹见金鳞张。雨脚如绳急奔注，下有大鱼鼓浪相低昂。洪涛澎湃肆击搏，舟师欲避徒彷徨。艋艟载我涉异域，破万里浪无惊惶。凭栏四望大呼快，两腋直欲凌风翔。仰天放歌竟忘险，豪兴直驾长风长。噫嘻乎，豪兴直与长风长。

吴淞口夜泊是夕大风雨

飒飒长风急，征帆入渺溟。灯昏乡梦隔，雨重海涛腥。不寝话前路，惊心失远汀。新诗吟不得，怕有老龙听。

风雨夜飕飗，苍茫大海秋。螺鬟迷远岫，蜃气撼行舟。倚枕吟怀健，推窗客思愁。遥知京国侣，此夕忆南游。

由海口泛舟至申江赏秋舟中

蓬莱东望海云遮，故故西风柳线斜。画桨慢摇游客舫，红楼遥指美人家。留连惟惜秋光好，凭吊空余酒兴赊。更有野人助幽趣，一蓑烟雨卖黄花。

杏花园观剧

歌馆层台玳瑁梁，月中人舞旧霓裳。云璈象板悠扬里，引出双双小凤凰。

香喉高唱大江东，豪竹哀丝迥不同。作到低昂慷慨处，爱他儿女亦英雄。

五色云衣佩玉珰，当场小步麝兰香。一团绛雪随风舞，软尽人间铁石肠。

吴淞口放洋

苍茫秋水远浮天，万里长风送客船。遥岛疏云消午瘴，孤帆暖日丽晴烟。凌虚好句怀千古，落魄闲愁忆去年。极目沧浪无限意，乘槎直到海门边。

舟次虎门

曈昽晓日上遥天，回首神京路八千。山势嵯峨余废垒，涛声喷薄撼楼船。虎头空踞三边险，蜃气时嘘万顷烟。圣代即今多远略，莫将遗事说从前。

珠江夜泊

闻得珠江好，停舟傍绿杨。楼台开画本，烟水润诗肠。纥鸟鸣无定，蛮花艳有香。料应木兰艇，稳宿野鸳鸯。

赠文树臣观察星瑞

文武兼资者，南来喜见公。苏韩推巨手，褒鄂仰英雄。雅度琴樽外，豪情湖海中。乾坤留正气，信国旧家风。

赠李稚和观察羲钧

易水钟灵气，高风最可钦。恢宏君子度，爽直古人心。伟略筹输转，豪情付咏吟。会看骏誉□[①]，声价重儒林。

赠尚仲勉协戎昌懋

李杜才华褒鄂姿，将军望重镇蛮夷。峥嵘事业旗常载，磊落胸怀笔砚知。后世有谁同气节，此生真不负须眉。我来得拜旌麾下，始信英雄尽解诗。

蓬莱仙境送凤梧冈太守贵归里归舟感赋

祖饯[②]林泉客，离怀对落晖。人从仙境别，舟趁晚潮归。握手情

① 底本原缺一字。

② 底本作“贱”，径改。

空切,知音意又违。却看沙岸鸟,群宿自忘机。

闻津门近事有感

岭外传新警,初闻喜复惊。却思前事失,转觉隐忧生。义愤久相激,疮痍犹未平。岂宜畿辅地,再听鼓鞞声。

斩鲸何太促,骑虎势堪虞。人意虽云快,民生尚未苏。千家成义举,一战岂良图。回首秦关外,烽烟照帝都。

乐初将军长善重修西爽园落成敬呈四律

鸠工几日剪荒榛,别墅重开百粤春。满树凉云添绿意,一庭疏雨静红尘。安排曲槛幽廊地,雅称轻裘缓带人。我为名园欣得主,从今不负艳阳辰。

雅度雍容世少同,从来儒将擅儒风。投壶不废韬钤事,筹笔原参造化工。且作楼台舒眼界,别饶邱壑在胸中。赏心岂为闲游眺,欲筑诗坛颂治隆。

移花叠石费经营,此日芳园喜落成。又拓南来新画本,重寻西爽旧诗盟。稳巢归鹤修篁密,高荫鸣鸠古木平。添得一湾流水活,潺潺清和雅歌声。

清秋幕府列瑶觞,小集西斋趁夕凉。初月影寒侵几席,晚荷香冷透衣裳。飞花酒政依金谷,制序才华拟玉堂。幸际承平戎事歇,公余酬酢乐徜徉。

庚午因津门近事感赋

岭外欣闻斩巨鲸,路遥风鹤未分明。传来义举神先王,听说穷凶气不平。鬼狱刀砧悲赤子,王师旗鼓卫苍生。和戎自古非长策,忍负椎牛万众盟。

忆昔东南边衅开,妖氛百丈拥潮来。雄藩铁壁成焦土,内府金钱付劫灰。铸错枉悲当日事,扶危谁是济时才。如何万姓疮痍后,又听津门战鼓催。

手馘渠酋快此朝，耶稣凶焰黯然销。十年公愤摧骄虏，一夜军声激怒潮。上相神机开八阵，天王大计靖三苗。会当直捣龟兹穴，万里楼船建赤标。

中外包荒仰至尊，怀柔昔日赦羌浑。偃师暂解群生困，互市聊施普育恩。礼教由来传上国，异端那许入中原。雷霆雨露皆乾断，臣下庸疏敢妄论。

夜深搔首几筹思，曲突良谋更仗谁。和本从权非至计，战能必胜亦难期。事关得失休重误，局系安危莫浪为。第一皇都须保卫，九重今正负扆时。

兵燹方消饥馑频，燕齐处处伏黄巾。几[①]时毒雾消畿辅，忽地狂澜动海滨。报国有怀空抚剑，安边无策愧垂绅。宸谟自是筹全局，半服蛮夷半抚民。

咏 史

未必风尘识俊英，薄施偶亦妇人情。淮阴何事先图报，一掷千金买令名。漂母

无端妄受信陵知，不过夷门卖酒儿。莫把奇功夸胜算，千秋侥幸窃符时。侯嬴

拟金陵怀古

金粉消沉王气终，白门吟望思无穷。六朝割据荒烟里，三国兴亡落照中。龙虎有形悲代谢，江山无恙阅英雄。吴宫楚殿今安在，只听萧萧芦荻风。

---

① 原文作“畿”，据诗意改。

隋炀帝

负疚天伦忍自欺，谋成底事竟忘危。聪明空解杨花谶，轻薄何如玉树词。后苑流萤方照夜，中原逐鹿已兴师。笑他沉醉迷楼日，镜里头颅悔悟迟。

明成祖

谁将白帽启狼贪，靖难师名藉美谈。运去龙孙潜岭外，天教燕子入江南。移藩诏下谋原左，同室戈操事岂堪。毕竟纲常难尽泯，孝儒一语尚怀惭。

九月忆都门诸友

万木萧森暮色苍，岭南秋景又重阳。一杯独对茱萸紫，三径惊看橘柚黄。雨过花田秋梦远，月明珠海夜潮凉。料应此际金台畔，有客登高忆五羊。

独　坐

一枕游仙梦乍阑，无聊闲倚碧栏杆。庭花带雨添秋韵，衙鼓敲风送暮寒。且把新诗消垒块，莫将往事忆辛酸。琴心独抱谁同调，笑向琅玕仔细看。

拟王右丞风劲角弓鸣

胡马作悲鸣，秋风满蓟城。天高宾雁少，霜重马蹄轻。铁甲朝传箭，银刀夜斫营。楼兰犹未斩，壮士气难平。

仿苏文忠公陌上开花体以满城风雨连缀成诗

满城风雨助新凉，正好眠琴觅睡乡。忽听白衣人送酒，始知节序近重阳。

满城风雨雁来忙，万木秋深未染霜。自是岭南风景异，韶光不似近重阳。

满城风雨搅愁肠，忽见阶前菊绽黄。却忆金台秋色好，白云红树近重阳。

满城风雨暮天苍，槛外秋情引兴长。欲向东篱挝羯鼓，簪花时已近重阳。

树臣观察以秋感诗见示，即依原韵奉和

江右词坛岭外开，黄花秋雨况相催。征诗不薄雕虫技，问字频烦吐凤才。正气千秋信国派，西风九月越王台。知君高会龙山日，定取骊珠入握来。

九　日

莫遣悲秋愁绪纷，一杯正好醉斜曛。黄花红叶都休管，且看青山放白云。

十五日夜坐

何处西风送断鸿，白云无迹淡遥空。秋光冷逗重阳后，夜色平分皓月中。到耳商声听蟋蟀，满肩寒露倚梧桐。人间景物清如此，不羡凌虚驾玉虹。

五绝篆文端正体

莫自弄青琴，华堂喜丝竹。人世无会心，幽兰生空谷。

木叶半空山，黄华愁暮雨。只喜白云闲，无心自来去。

题　画

渺渺长天极目空，轻帆海上趁西风。飞行莫道波涛险，已近扶桑看日红。

陈孟卿山人赠山水一幅，诗以答之

感君妙笔画溪山，一幅烟云意自闲。从此小窗添韵事，倚帘终日对荆关。

饱看秋林倦眼开，读诗读画任徘徊。胸中顿觉添邱壑，都自王维笔下来。

洒落炎州老画师，多情赠我画中诗。扁舟遥见茶烟绿，仿佛蓬山邂逅时。余与山人初见于蓬莱仙馆。

妙绘新题文与可，清吟更有李青莲。文树臣、李紫黼两先生均为题画。仙城此日欣奇遇，结得南中翰墨缘。

赠文树臣梅花一枝石印一方

梅花香古石无心，堪与高人伴咏吟。料得书窗微醉里，敲诗应到夜深沉。

树臣观察以诗答余梅花石章之赠，还索和章，勉成以应

庭前昨夜梅花开，梅花香里幽人来。笑指琼枝索我赠，巡檐一语春风回。呼僮折取罗浮雪，三尺寒芳表清洁。更添顽石小如拳，篆文聊仿周秦碣。芝兰品格云水心，幽怀往往托高吟。剔藓深镌锄月种，合与萧斋作清供。先生大笑抽吟毫，长歌一曲霜天高。珠光玉屑二百字，墨花乱洒天香飘。大雅天然谢雕饰，藐姑仙人让颜色。更兼妙义穷冥搜，石不能言亦点头。夜深读罢掀髯笑，白雪阳春少同调。石交永保岁寒盟，诗成胜以琼瑶报。

题族叔芝岑廉访公诗集公印葆亨，以黔臬因公来粤

福慧由来有宿因，谪仙才调自超群。叔自记前生甚了了。他年画上凌烟阁，文采风流第一人。

半是豪情半逸情，囊中好句自天成。夜阑把卷挑灯读，一片珠光照眼明。

活泼生机触手来，黔山湘水擅奇才。等闲莫道诗人笔，曾扫蛮烟瘴雾开。

欲志家庭景慕心，诗成几度自沉吟。独惭小阮无才思，难把高风继竹林。

佗　城

雄州铁壁倚天开，香浦遥通一水洄。牛女星分秦代郡，番禺山拱汉朝台。四时晴雨斯须变，万派风涛日夜来。从古东南形胜地，中流谁是济川才。

白鹅潭

白鹅潭水接青霄，海色天容变暮朝。西去云沉羚峡雨，东来风挟虎门潮。对河夷夏居相杂，鼓浪鲸鲵气正骄。愁绝临江楼上客，一灯独向夜阑挑。

珠　江

仙城南去海波凉，处处楼台尽教坊。万里长风来沾客，一篙春水照珠娘。飞花香堕玻璃盏，夜月光生翡翠航。太息营巢双燕子，忘机安稳宿雕梁。

光孝寺

梵王宫殿古城根，浩劫茫茫此独存。舍利有灵双塔峙，菩提无语一灯昏。几人檠敦开吟社，六祖风幡辟法门。才现优昙成净土，后人谁复吊虞翻。

镇海楼

危楼百尺女城边，俯瞰羊城万户烟。放眼远穷千里外，振衣直上五层巅。群峰过雨云岚合，大海浮天日月悬。依任沧桑多浩劫，粤山高处独巍然。

题策蹇图

扁舟涉江湖，常恐波涛生。骅骝日千里，道远愁欹倾。怀如策蹇卫，避世聊独行。款段碧林下，草细沙堤平。一鞭任所之，山水时送迎。嗟彼世间人，朝暮徒营营。苦为名利驱，南北劳遄征。快意忘颠覆，捷径纷相争。明哲善自保，持躬戒满盈。克念在深薄，毋敢跬步轻。所以韩蕲王，湖上全高名。

近事广州忽传有妖人卖神仙粉以酖人，两日间万口哄传，几成不测

蛇影杯弓事可嗟，捕风一旦肆喧哗。酖人药馈神仙粉，惑众谋成鬼蜮沙。止水忽波虞泛滥，残棋遇劫漫纷拿。奠安有策须详慎，莫把雄心奋莫邪。

安澜犹未斩长鲸，底事流言散越城。毕竟几家遭鸩毒，居然万口应狐鸣。操刀转便渔人利，解网全凭长吏明。叹息愚民浑不解，甘将义忿助先声。

秋　兴

一夜秋声度远林，越王台畔景萧森。千年霸业成残梦，四野蛮烟作暝阴。慷慨每逢无奈事，牢骚空抱不平心。天涯触枨无穷思，又听江城起暮砧。

极目沧溟落照斜，腥膻何日靖中华。徒劳诸葛边筹笔，谁问张骞泛海槎。时事变迁如转烛，江声呜咽入悲笳。伏波欲建平蛮策，快整舟师布五花。

山楼九日敞晴晖，醉倚西风酒力微。诗思渐同黄叶老，乡心远逐白云飞。珥貂世业当年重，射虎功名此志违。回首长安年少客，翩翩裘马斗轻肥。

袖手无聊且看棋，眼前翻覆使人悲。关心得失忘全局，着意恩仇快一时。宦海危机谁早见，冰山捷径共争驰。茫茫今古南柯里，蚁斗蜗争枉系思。

烛天烽火贺兰山，闪闪妖星井鬼间。万里蒭输到函谷，十年瓜代滞榆关。长城戍鼓犹传警，琐闼宵衣未解颜。见说汾阳开幕府，神机筹策羽林班。

西风斜日越山头，衰草寒烟感暮秋。送酒闲情怀旧雨，插萸佳节动乡愁。碧天留影抟云鹄，大海忘机逐浪鸥。回首金台连紫极，五更残月梦神州。

白帝威权肃杀功，将军勋业笑谈中。凤台旗影摇残日，鳄水军声咽晚风。甲洗银河兵气静，筵开铃阁醉颜红。一时煊赫非常事，得失何人问塞翁。

呼銮辇道路逶迤，落叶荒苔认古陂。往迹犹传甘菊艳，秋风又老碧梧枝。千年荏苒沧桑变，万事因循岁月移。怀古忧时双热泪，苍茫独向月中垂。

芝岑族叔量移闽臬，由粤入觐，敬赋以送

正幸亲高训，何堪折柳枝。牵衣感离别，挥手动深思。落日一帆远，乡心万里驰。禺山翘首望，惆怅月明时。

唱到阳关曲，苍茫感不禁。趋承他日事，依恋此时心。刻鹄留严诫，歌骊托短吟。飞鸿应有便，珍重锡良箴。

莫惜天涯别，青春伴客行。花田风正暖，珠海浪初平。绣豸朝天阙，金鱼出帝京。会看陈五术，云望慰苍生。

宦辙半天下，游踪廿五年。诗囊玉屑满，心镜月光圆。名已湘江著，声先闽海传。丰功方未艾，莫认锦衣还。

题倪云劬少尹野水闲鸥馆诗钞

天然大雅迈时流，太古元音一卷收。圣世文章推两粤，君家诗画足千秋。放翁吐属原超俗，杜老情怀善写愁。如此才华如此遇，传人何必定封侯。

宜画宜诗笔一枝，云林宗派自清奇。平生逸兴闲吟里，满眼烽烟夜话时。少尹避兵佛山，著《桐阴清话》。桂水灵钟仙骨格，粤山青照古须眉。相逢随我年来愿，可许词坛附骥驰。

送别文树臣观察之任高廉

肃霜九月越王城，感时老杜吟秋清。群仙唱和正未已，西风忽送征帆行。匆匆骊唱秋光里，旗亭把袂多知己。南浦愁随碧浪遥，东山人为苍生起。高凉旧郡南海隈，蛮烟卷雾涛惊雷。使君绣服乘骢马，铁钺一扫愁云开。满船书画行装便，波净珠江横匹练。清心澄澈玉壶冰，肯使离愁扰方寸。忆我前年来粤东，仙城邂逅钦高风。感君一见即相许，吟诗每每呼相从。问奇载酒朝还暮，良工不惜金针度。茅塞全除鄙吝消，萍踪何幸知心遇。更有词坛画苑仙，芸笺尺素同周旋。与君共结三生契，神交直欲倾千年。欢情正好忽言别，离樽又向梅花设。梅花香暖送行舟，丽水浮山作壮游。簇簇红旗天末去，群黎快慰诗人愁。临期握手感最深，无聊赠别发长吟。豪杰胸襟君子节，莫随流俗负初心。

和李紫黼学博见赠原韵

欲伸燕贺竭诚来，五柳衡门背郭开。古木云深思杖履，春江水暖照楼台。倾心快结谈诗友，把臂惭非作赋才。入座文星双鹤发，谓紫黼、昆吾两老友。风前一笑约衔杯。

游杏林庄

花田南去海潮平，相约寻春放棹行。入望亭台舒眼界，忘机鸥鹭订心盟。名园松老云容静，古寺烟深铎语清。莫上小楼回首望，红尘十丈越王城。

竹径茅亭妙自然，宴游好趁冶春天。一林细雨供吟笔，十里平湖泛酒船。且借金杯酬令节，莫从丹灶忆神仙。杏花香雪浓如此，况我来游正少年。

晚凉独坐

云净仙城暮雨收，披襟独倚竹边楼。晚风吹梦冷于水，新月入诗凉带秋。红退藕花香未散，光凝兰叶露初浮。绿萝门径清如此，秉烛何人作夜游。

广州土俗竹枝词

总起

牛女星分大海滨，蛮烟瘴雨压红尘。只缘离得中原远，土俗民风好怕人。

时令

伐谢荣枯最感人，那能万物四时新。岭南天会随人意，删去秋冬剩夏春。

冬令如春

阳生冬至古今传，底事春归小雪天。有脚也难如此快，想应搭坐火轮船。

花信

廿四番风自有期，仙城花信太参差。去秋菊与今秋桂，合着桃花共一时。

雨雹

雪霜从不到炎天，大有先占兆渺然。惟听老农谈故事，广东雹子报丰年。

云鸢

盂兰会过雨初晴，气爽天高万象清。瞥眼乍惊秋未半，碧天云外放风筝。

木棉

白云红树趁春风，二月韶光迥不同。一树木棉开烂漫，教人错认是丹枫。

形势

谈到堪舆更可听，妄传府治具船形。证明花塔同光塔，一对桅竿水上停。

衙署

多少官衙布似棋，星罗左右最相宜。可怜制府规模小，不及承宣布政司。

街道

逼仄形容处处皆，更无一处豁胸怀。分明窄窄驴车路，硬起名儿叫大街。

长巷

永巷长衢对面房，檐头搭板避骄阳。防虞最怕遭回禄，乱扯胡拉闹一场。

双门底

珠玉奇珍列万般，书坊画店任盘桓。怡情争说双门底，不让京都大栅栏。

市廛

西湖街尾雅何如，九曜坊前刻善书。怪绝油栏门里路，满街腥秽卖鲜鱼。

烧香

粤人好鬼信非常，拜庙求神日日忙。大树土堆与顽石，也教消受一枝香。

打醮

当方社稷土神祠，铺户攒钱打醮时。绝大席棚空际搭，悬灯最好是玻璃。

唱醮班

赁来珍宝供神前，碧玺珊瑚件件全。更有醮班诸子弟，狼唬鬼叫闹三天。

醮棚

彩画高棚最可夸，男欢女乐乱喧哗。周围还要悬宫仔，如此方为作到家。

宫仔

宫仔装成小戏楼，绫人上品是蓪头。蛇神牛鬼无滋味，却怪人人赞不休。

出巡

华光北帝好闲游，打醮出街日不休。举国若狂称盛事，风光犹胜看龙舟。

媚神

知他神佛喜繁华，看戏吃荤兴倍赊。上至如来下土地，人人头上插金花。

烧猪供佛

佛诞新逢大喜欢，观音山上大悲坛。屠儿此日真高兴，还愿烧猪准卖完。

烧炮放债

庙中烧炮结财缘，挂榜约期二月天。头炮接来莫欢喜，算来还是利钱钱。

贴炮号

抢来头炮保平安，立刻发财胜作官。得意小条门上贴，教人错认报恩单。

花灯值事

今岁元宵有善因，花灯值事傲同人。淡黄纸帖真荣耀，点缀门前气象新。

接引财神

铺家敢不供财神，柜外墙根奉上真。小洞开来高尺半，凭他接引送钱人。

神龛联

小小神龛就地开，筠帘掩映瓦灯台。贴来佛对都成例，一样银山驾海来。

门灯

灯笼绝大挂檐前，神字朱书色最鲜。不是黄昏图照亮，说他也会受香烟。

地主

八仙桌下祀明禋，红纸端书俨若神。地主贵人何所是，首先正寝住房人。

正一道馆

招牌匾额美堪夸，朱字金漆耀眼花。忽见悬牌书道馆，冥衣铺里卖仙家。

七夕

洗车雨过正黄昏，银烛秋光黯客魂。忽见火光冲碧落，满城烧炮祭天孙。

中秋

高竖灯竿对月明，七星旗卷暮云平。广寒素女休相讶，本是蛮夷大长营。

花地

相传花地好闲游，游罢教人泪欲流。何是东皇都不管，群芳齐到下场头。

菊花塔

伧父无端太逞能，黄花拧塔一层层。五花大绑陶彭泽，我替先生苦不胜。

盆花肖像

百物形容尽可方，奇绝鬼子与金刚。是谁自命回天手，害理伤天作一场。

烧猪

人情嫌简不嫌虚，土俗民风不可除。不论冠婚与丧祭，礼仪第一用烧猪。

串炮

谁与烧猪可抗衡，壮哉串炮共相争。官民事事全都用，贯耳烘雷旧有名。

送礼

送礼伊谁最占魁，烧猪之后又煎堆。新兴添上冰糖鹿，也上抬盘摆一回。

闹房

嫁娶人家列喜筵，闹房饮酒看婵娟。曾闻因此伤人命，如是欢娱太可怜。

过礼下茶

豪竹哀丝不可听，媒婆打扮一身青。红衣赤脚稍长汗，簇拥销金翡翠亭。

听哭

嫁女堂前小宴开，女儿啼泣女儿陪。太婆阿奶诸亲眷，同向兰房听哭来。

哭

有日于归兴致高，嫁衣初试咏夭桃。如何恋母伤心语，编作歌儿唱着号。

学哭

陪他啼哭要酬和，送嫁歌儿印板多。念会预防临事用，无情无理奈天何。

送嫁歌本

送嫁歌儿语句新，倡和有理太无伦。印来小本街前卖，学会之时好嫁人。

开脸

别一乡风好怪哉，新娘早起傍妆台。上头不用人开脸，已自娘家剪过来。

送烧猪

嫁女归来忍泪痕，半忧半喜自思存。爹娘第一开心事，最是烧猪送进门。

少妇

南国佳人袅娜多，素罗衫子绿凌波。妖娆怕在人前走，常在丫鬟背上驮。

胭脂脸

燕尾长拖两鬓鬆，双腮脂粉晕重重。虽然雅切桃花脸，只是桃花色太浓。

客家婆

渔婆巾底看娇娥，见惯司空也怕他。黑脸黄毛双赤脚，原来是个客家婆。

梳头婆

梳头妈子胜缝穷，装束风流迥不同。叠暴青筋粗肉脚，胭脂浓抹后根红。

婆妈

短袖无端二尺肥，翘然左右翼双飞。手中葵扇车轮大，故向人前使劲挥。

梅仔

鬓发双垂绿万丝，脑门短发覆青眉。分明戏上花和尚，却是红闺小侍儿。

盲妹

秋娘袅袅按冰弦，盲妹芳容怪可怜。有个阿婆随左右，药叉日日伴天仙。

书生

长衫眼镜表书痴，厚底鞋儿缓步宜。更有一般风雅处，竹圈团扇写唐诗。

烂崽

番摊标会逞强梁，放抢凭空惹祸殃。刀仔带来尤不足，更携双筒护身枪。

东莞佬

东莞民风冠古今，哀哉谁有要强心。问君何事为恒业，钩屎挑灰作绿林。

告白

莫道蛮风异九州，但归笔墨便温柔。新墙怕有人糟塌，告白恭书写奉求。

新墙

土墙灰抹妙相宜，划出砖纹细若丝。最有一般堪羡处，无人在上画乌龟。

卖春联

招牌高揭墨痕新，点染年华卖对人。此处却删虚套子，直将写字代书春。

卖肉

屠儿门口挂钢钩，下水猪蹄挂上头。惨目伤心栏柜上，嫩芭蕉叶垫荤油。

粍子肉

风干粍子肉通红，高挂檐边为过风。寄语家猫休窃取，野猫留着打馋虫。

卖狗肉

是谁遗孽不堪论，狗肉蒸来任客吞。却似太平臻上治，月明无犬吠花村。

零卖鲜鱼

批鳞洒血意何如，岂是无心剖巨鱼。只为羊城多客寓，此中恐有故人书。

卖猫

两个�笼一担挑，居奇有货意矜骄。眼前鼠辈犹当日，得意街头尚卖猫。

穿花扇

摘取群芳五色鲜，把来楞用草绳穿。攒成掌扇虽然好，残虐花英太可怜。

名胜

珠江两岸访青楼，花地潘园任浪游。名胜大通烟雨寺，风光犹胜古琶洲。

寺□[1]

十三行散减风光，此日风光在半塘。更有华林禅寺好，山门底下看烧香。

雀儿寺

归德门边瓮圈中，珍禽异鸟列西东。发行全分猴儿骨，更有山猫与草龙。

土地祠

当坊祠里拜尊神，花鬓□鞋如意巾。老媪老翁居上座，傍边添个二夫人。

白棚

哀荣越分可无论，其奈荒唐个个遵。流俗一宗真可笑，牌楼匾额写辕门。

鼓手佬补服

绅士人家办大丧，门前鼓乐讲排场。人人褂子粗白布，海马朝云补子方。

土人

土人爱着薯良绸，赤足街前汗漫游。脖上横缠粗辫子，手挥雅扇细潮州。

---

① 原文诗题缺一字。

接引土地

莫言土地供门前，最好栖神短槛边。若遇美人帘下立，便宜就近嗅金莲。

唱曲

五子兴歌怨太康，又闻孺子唱沧浪。粤人不解歌风意，开口争号土二簧。

摸鱼歌

拍板抓筝鼓乱敲，唱来个个嗓音高。摸鱼歌与龙船调，咧嘴扬头使劲嚎。

小调

珠女歌喉百啭莺，晓风残月不关情。便宜最是纱窗外，竟作珠江第一声。

本地班

和声鸣盛理当然，菊部风光别一天。台大人多场面少，价银累百动成千。

封相

封相出头戏不新，无人着意看苏秦。此出正角谁为主，季子车前执盖人。

班中跌打丸

莫把虚戈作戏看，干戈未动胆先寒。腾骧踯躅真忘死，壮药先吃跌打丸。

整本戏

不兴杂剧喜传奇，整套开来事事宜。唐宋元明随便改，千篇一律几人知。

翻金斗

冲场一战起因由，逃难投亲闹不休。最有一般真绝技，全身披挂打跟头。

传神

摹拟神情事事详，嚎啕恸哭惨悬梁。其余更有离奇处，花旦临盆大弄璋。

勾脸

野史从来入戏场，三花大净漫更张。曾闻竟有新鲜样，绿脸红须扮孟良。

角色

花旦出场逞艳姿，土音啁哳使人疑。矜庄严重方巾丑，不向人前逗笑儿。

缺欠多

锣鼓喧天闹不休，辉耀金翠阔行头。旗幡切末花灯彩，一概全无不讲求。

名班

普天乐与丹山凤，到处扬名不等闲。牛鬼蛇神惊客眼，看来不及外江班。

男女班

外江班子足温柔，几个优伶艳粉头。不即不离昆与乱，酒阑灯灺亦风流。

拌荔枝

盛宴金樽合玉卮，肉山酒海列珍奇。干烧鸭子撕成缕，乱拌红香嫩荔枝。

洋桃

六瓣洋桃沁齿凉，晶莹浅碧透娇黄。时人争说真佳品，我道犹输十八娘。

茄子

剪韭分瓜佐一瓯，野蔬供膳暗香流。忽惊茄子更新样，变作纤纤紫玉钩。

菊部五俳

一曲千金价，繁华说五羊。伶伦谁作俑，甲乙自分行。舞态倾南国，歌容艳此乡。梨园春有在，菊部妙非常。音不偕中吕，腔惟喊二黄。钲鸣翻海浪，鼓伐破雷硠。弦索声凄楚，笙箫互抑扬。和平无雅韵，焦杀过枭吭。入听非鸾凤，当前跳虎狼。几人工击刺，一队善腾骧。宝剑湘裙女，花拳绣腿郎。身真如铁铸，势不作金刚。但诩攒殴狠，何虞踯躅伤。侏儒谁领袖，优孟杂冠裳。戎服乌纱绿，朝衣小帽方。满身蛟蟒绕，两翼鸱□翔[1]。你有风毛吐，全将云锦镶。美人除履袜，朝士袒胸膛。女侍仙僮扮，亲臣盗寇装。贤奸难辨识，粉墨任

---

① 此句底本脱一字。

更张。铁面虬髯少,红颜燕尾长。可儿羞谑浪,小丑欲矜庄。膏泽蓬门媪,油头蜑户娘。仙官描翠黛,营卒坠银珰。貌已难评品,文犹费较量。褒讥多附会,笑骂亦荒唐。杂剧还堪赏,传奇不可当。按歌非院本,印板作文章。开首兵先动,损躯将必亡。君臣方聚讼,戚党各争强。义士多疑杀,娇娃每病狂。转机凭佛老,救命有渔航。神器窥时易,文情略不详。事讹明宋晋,姓便李刘王。佳话真谈梦,清词类听盲。用言惟五七,选韵定江阳。斗笋三分硬,收场一味忙。居然称节目,苦矣论排场。现尽人间丑,增来脸上光。过桥掀片板,搜壁破重墙。赤膊凶临阵,红衫喜拜堂。木刀悲刎项,竹楼惨悬梁。泄忿曾投石,摹神学弄璋。乘轩三上下,跨马两低昂。或有温柔事,偏无艳冶香。胡诌原有谓,杜撰本无妨。戏趣诛奇幻,民风自善良。警愚知未必,劝世叹何当。真赏人只眼,虚名客断肠。蛮花思献媚,玉树欲流芳。怜尔居边徼,凭谁供庙廊。和声鸣盛世,鼓吹重炎荒。

羊城烟火词

仙城画鼓声冬冬,千金一刻春宵融。六街灯上市如昼,游人三五来西东。广场当路作戏具,宜令天巧输人工。彩架高支入云汉,画梁五色飞晴虹。长绳百尺拽之起,外观混沌中嵌空。金蛇一线乍明灭,爝火细碎飘轻风。石破天惊划然震,火山突出堆高穹。列缺横飞四激射,阿香车走鞭丰隆。须臾层层作奇幻,浮屠矗立繁烟中。金灯旋转化璎珞,火帘倒卷开珠宫。五云楼阁现弹指,千门万户何玲珑。有如神仙弄狡狯,金丹烧出洪炉红。又如诸天作游戏,光明大放千芙蓉。更化神龙乘雾出,火珠喷薄光熊熊。珊瑚摧折玉树倒,鱼虾蟹蛤交相攻。天吴前驱罔象逐,冯夷欲遁飞帘翀。瞥眼顿惊群动息,雾气霏霏半空结。忽然烈焰破重扃,轴覆机翻声迸裂。赤纛朱幡千队来,大戟长戈一时丛。燧象横冲壮士奔,火牛怒吼神丁掣。我疑雷雨鏖昆阳,又疑艨艟烧赤壁。不然蚩尤作雾迷轩皇,十万天兵仗斧钺。不然咸阳三月火秦宫,桂殿兰宫立摧折。眼前奇妙不可思,万人瞠目空挢舌。不期化作千缕烟，散入东风满城阙。是时锦棚箫管收，是时画阁兰膏歇。沉沉万籁悄无声，惟见中天悬皓月。

游杏林庄作

珠江西望绿云平，十里烟波画舫轻。试问春光何处好，杏花消息近清明。

细草芊绵小径斜，板桥流水接仙家。东风别有怡人处，开遍杜鹃一树花。

花里行厨泛酒船，隔林好认煮茶烟。不知谁是王摩诘，消受清闲住辋川。

诗情画意足幽探，万竹当门绿色酣。开到杏花春雨细，消魂二月似江南。

一湾流水绕柴门，竹径无人鸟自喧。莫道武陵全寓意，世间原自有桃源。

丹灶茶泉驻大年，我来无处问神仙。羡他染翰留题客，先结仙庄世外缘。

离明观

仙家楼阁敞朱扉，修竹高梧绕四围。帘卷春波临水近，窗开夜月待云归。垂天星斗摇潭影，隔树烟岚杳翠微。到此顿忘尘世事，窥人猿鹤共无机。

三月三日即事

上巳良朋约，春江作快游。莺花三里路，风雨一扁舟。雅事修新契，乡心散旧愁。狂吟归去晚，云外月如钩。

白牡丹

曲槛东风解玉肌，缟衣仙子下瑶池。天香不债调脂润，国色原同腻粉滋。素履高华真富贵，云裳浅淡自清奇。本来面目春光里，却笑姚黄魏紫痴。

三月春深众绿肥，沉香亭外忆真妃。从来国色轻华服，自古仙人爱羽衣。月满琼楼飘艳雪，风回玉槛映晴晖。时人未必能珍赏，不点胭脂总觉非。

杂 感

嗟我何为者，生平亦自猜。一官空所事，万感忽中来。庙略原神武，边防几将才。闽洋又多故，惆怅越王台。

抚髀竟何益，孤怀应少同。有谁真壮士，相共挽颓风。开府虚良佐，筹边赖臣公。古来贤将相，曾否议和戎。

决裂原非计，因循亦可悲。岛夷诚有技，上国岂无为。鼓角沿山戍，楼船镇海师。虎头天设险，扼要复奚疑。

蒿目东南局，何人任用专。三章原易定，一檄岂难传。好借席前箸，休挠阃外权。诸番犹赤子，抚驭最宜先。

莫负求贤意，安危倚令公。六韬娴远略，万里驾长风。报国千秋业，登坛一世雄。将星前夜望，光焰正熊熊。

不许狂澜泛，天兵万弩张。旌旗排岛屿，壁垒固金汤。即奋轰雷势，应消爝火光。平倭昭大烈，作颂献明堂。

沪上遇希赞臣侯帅即事

锦缆牙樯两地回，赞臣移镇荆州，余升授杭州将军。相逢岐路笑言开。凉添子夜新潮长，春满申江旧雨来。万里归程同驻节，十年别况一衔杯。豪情莫道输当日，无那相思在越台。

寓楼题壁

万里星槎两月还，三月晦由沪入都，六月朔由京至沪。野蔬村酒暂偷闲。此行好向西湖去，纱帽吟诗饱看山。

口 占

水满西湖月满楼，芦花深覆钓鱼舟。无端一曲沧浪笛，吹起遥山数点秋。

孤 山

本与梅花宿有缘，罗浮香梦记从前。如何我到孤山日，偏是秋风桂子天。

处士祠堂倚翠微，万峰无恙绕周围。不知放鹤人何在，秋水菰蒲有鹭飞。

云林寺即古灵隐寺

刹那一现又沧桑，访古人来思渺茫。海日江潮依旧在，诗僧谁是骆宾王。

游紫云洞归途经岳墓

紫云洞口拜斜曛，两袖携来岭上云。一片闲情顿惆怅，临风凭吊岳王坟。

雷峰夕照

金碧楼台景半荒，无端劫运叹红羊。试看蔓草秋烟里，塔影无声卧夕阳。

重阳风雨登楼望湖上诸山忆金台旧雨

高阁晚凭栏，西风破醉颜。人吟苏子句，云画米家山。丛菊淡相悦，孤鸿去不还。知心何日见，独听雨潸潸。

怀钟吉六农部祺

判袂未百日，怀君无已时。如何新离别，转胜旧相思。浙水秋风早，燕山落日迟。幽情谁共诉，霜菊两三枝。

秦亭山阅操

秦亭山下阵云开，小队戎装画角催。料得渔樵应笑我，将军不为看山来。

湖上秋感

湖光山色久相闻，此日来游触绪纷。红藕花疏苏小墓，白杨风急岳王坟。英雄有恨悲南渡，才子无聊对夕曛。依旧六桥春色好，踏青仕女尚如云。

秋　夜

静夜无良伴，孤灯动远愁。云山三管梦，风雨一窗秋。碧树渐黄叶，青山将白头。遥知岭南客，此夕忆杭州。

独　立

一帘月影静沉沉，寂寞庭轩正苦吟。立久不知凉露下，满身花影湿衣襟。

游南屏山净慈寺

曲径长桥处处通，湖边吟望思无穷。南屏雨过秋光迥，古塔云开落照红。千载清风高士坞，一番劫火梵王宫。登临不尽沧桑感，都付荒烟蔓草中。

仿辋川五绝题湖上诸胜

凌晨登绝巘，葛岭望朝暾。极目沧溟外，红霞上海门。
灵猿不可呼，古洞藏修竹。回首北高峰，插天千仞绿。
神仙乘鹤去，留此炼丹台。咫尺青霄近，白云飞去来。
策杖韬光庵，乱踏修篁影。不知浓翠深，但觉衣裳冷。
不知山外峰，飞来自何处。只恐风雨多，乘风复飞去。
夜对南屏山，独坐谁为偶。人静月明时，一杵疏钟吼。

书丁丑年日记后

八年宦迹记仙城，万里归帆两月程。丙子十月蒙恩补授杭州将军，丁丑二月北上，孟夏入京朝觐。海国云霞游客梦，江乡诗酒故人情。由香港乘轮舶泛海，与希赞臣侯帅遇于沪上，盘桓十日，遂同北上。飞花香衬朝天马，余与希君同于四月廿一日拜紫禁城内骑马恩命。乔木新迁出谷莺。谓余由副都统擢专阃也。满袖御烟双绛节，薰风一路浙西行。

遥和孙驾航观察楫木棉原韵

鹧鸪声里雨丝丝，吉贝春棉乍吐时。照眼而今辉玉树，托根当日傍瑶池。驾航由翰林外擢。高凌碧落辞乔木，暖被苍生下故枝。遥望炎州歌白雪，清吟敢和众仙诗。

横云老干盘拿势，余绪新抽络络斜。似雪清操原洁白，御寒春气自柔嘉。三冬暖赐征人戍，午夜愁添绩妇家。记得珠江折杨柳，去春由粤入京，诸友于珠江饯送。一天飞絮落棉花。

春日湖上

白公堤上春初边，一棹寻春倦眼开。莫道东风太无力，将人吹入画图来。

云峰四面拥烟鬟，放鹤亭空白日闲。一路楼台看不尽，梅花香里过孤山。

裙腰芳草抱山青，访古人来画舫停。两岸垂杨低拂水，淡烟疏雨到西泠。

清明正是杏花时，得得寻春未肯迟。独立跨虹桥上望，四围烟柳绿参差。

即 事

一笑卷书函，何来贝锦谗。不须愁失马，即此乐收帆。玉镜心常印，金人口自缄。故乡且归去，花下酒杯衔。

世事原如此，休教唤奈何。圣朝多雨露，宦海自风波。道义千秋重，功名一霎过。浮云霄汉上，片片正如罗。

嗟余何所事，感慨发长吟。已定三章约，空存百世心。种梅方有地，立梅青书院。插柳未成阴。不逐西风去，匆匆返故林。

自到余杭郡，襟怀似水清。山光资眼福，水色证心盟。筹笔尽人事，读书忘世情。不知花柳外，莺燕弄新声。

和长乐初善军帅五旬初度述怀原韵即祝

岭外红云一朵来，群仙想像会蓬莱。千春寿寓宾筵启，三管严城幕府开。自有殊勋传将略，先看余事斗诗才。称觞愧少琼瑶报，翘首南天一往回。

奇才早荷圣朝恩，投笔书生入虎贲。东壁当年严莞籥，南州此日重屏藩。共欣慈惠呼生佛，自秉忠贞答至尊。儒将风流今再见，雅歌声里倒金樽。

文章政事一时哗，赫赫功名遍迩遐。龙马精神寿者相，诗书阀阅世臣家。华年无事思瑶瑟，丽藻疑曾梦笔花。如此胸襟如此遇，苏韩功业未堪夸。

龙华嘉会正良辰，盛宴初开荔子新。南极星明瞻福曜，西湖夜静忆前因。蛮烟瘴雨筹边客，淡月疏星待漏人。余时奉旨内用，故云。各有前程须努力，相期同保百年身。

除夕解组用前韵 广力旃爵帅(科)于除日到省，急欲接篆，故解组

饮到屠苏又一年，仔肩初卸即神仙。深惭上将筹边笔，快散儿童压岁钱。带雪梅花迎腊鼓，含春杨柳待吟鞭。心期不随年华换，流水行云任自然。

留别西湖

满天风雪别湖山，长揖梅花一笑还。我是故乡归去客，不须岐路唱阳关。

桐乡舟中

江天昨夜雪初晴，饱挂归帆似叶轻。回首武林何处是，湖山不见暮云横。

沂水即事

邮信无端次第闻，驿亭供帐太殷勤。一人饮馔才经宿，百姓脂膏减几分。夹道红旗惊野鹤，望尘芝盖阻归云。鲰生不是观风使，敢把贤劳累使君。

过晋羊太傅故里

将军不武本天成，自有胸中十万兵。缓带轻裘好风度，为人我亦慕先生。

见　意

十年游宦此归来，余于己巳秋外放，己卯春回京。旧雨樽前笑口开。南海云霞供画本，西湖水月助诗才。葡萄酒美今须醉，苡薏珠明莫浪猜。故里春深花自好，托根况复近蓬莱。

奉使科尔沁恭纪通州作

风綍鸾章下紫宸，己卯闰三月十七日，奉旨派出臣果尔敏往赐奠科尔沁扎萨克亲王格瓦占散。饬终隆礼待亲臣。东盟邻重屏藩久，扎萨克为东三盟之一。北阙恩浓玉帛新。载咏皇华宣雨露，敢辞客路入风尘。君仁臣节休相负，自订心期潞水滨。

蓟州道中柳下小憩

绿柳绿柳阴何浓，蓟门东望烟重重。我来系马碧云下，习习四体生长风。清凉之国世尚有，举眼不见红尘红。凝烟滴翠四围护，须眉变绿神冲冲。五花血汗立时燥，长嘶跳踏思腾空。赤日停天不知暑，遂令赵盾失其雄。沉沉半亩覆行客，少陵广厦恩其同。感君庇我不忍别，缘章欲上丹霄宫。愿求柳星化身百千万，垂荫直到东辽东。

喜峰口

喔喔听鸡鸣，征轺向晓行。邮签传古戍，使节下严城。自昔分中外，而今息甲兵。东藩守臣节，环拱卫神京。

车中谣

双轮辗乱石，石顽不肯让。相轧复相龁，溅成霹雳响。惊醒车中人，诗魂正惘惘。

九岭狐遇雨

策马登危岭，凉风忽似秋。人来高树顶，雨压乱山头。揽辔舆夫怯，翻盆使客愁。茅檐岩下露，邂逅暂勾留。

万塔黄崖 岩巅小塔林立，驿夫云中有宝珠，为术士以法摄去，询之山僧，支吾不对

神仙何处去，万古此山川。峭壁留黄石，孤云锁翠烟。森然数塔耸，渺矣一珠圆。欲问灵奇事，山僧密不传。

宽城道中

我素畏炎暑，深居卧纳凉。今来关塞外，不觉路途长。到眼云山好，迎人草木香。天机容领略，身世两相忘。

头台遇雨

草茂林深处，邮程第一台。使星飞马至，急雨逐人来。鞭影旋惊电，车声走迅雷。脱骖成大笑，肥羜佐金杯。

山　行

赤日照山山欲裂，驽马驾车车愁折。山高石滑那可登，御人面目惨无色。热汗如雨心如煎，危险至此安求全。踌躇四望觅坦路，惟见乱石参青天。石炙似火难立足，万叠嶙峋不辨路。停车揽辔徒徘徊，安得王阳叱御回。猛然鼓勇挥长策，蹄崩霹雳轮惊雷。车中客惧噤无语，折腰俯首如蜷鼠。世上险路何其多，欲避难避愁如何。一颠一仄心胆碎，左支右拄赖双臂。忽焉一顿车马停，此身已出层云外。

巴沟赛会竹枝词

冬冬社鼓闹通衢，仕女如云赛会初。岂止鸡豚与村酒，更将杂剧媚乘舆。

抬歌高架五云边，舞态翩翩望欲仙。玉貌长身风度好，看来个个在童年。

高跷唱彻插秧歌，丝竹糟杂鼓笛和。唱罢一回拍手笑，再看柳翠

月明驮。

长街北望起红尘，銮驾前头队伍新。珊顶花翎诸壮士，原来依旧是农人。

二台五十家子 每台设兵五十名，携眷以居，俗呼五十家子

薄暮初停使者车，采风余话问桑麻。邮程共说三千里，营户同居五十家。耒耜世亲农圃近，弓刀远卫帝京遐。屯田自古原良策，圣代嘉谟洵足夸。

阻　雨

彻夜雨潇潇，凉生天欲曙。开门望远山，湿云犹在树。老卒向余言，勿行宜且住。前溪新涨多，水深公无渡。

书所见

倚轼关山道，观风意自嗟。村开新巷陌，人改旧生涯。胡服全非古，方言强半差。如何好畎畞，遍种米囊花。

马上吟

马上高吟兴不孤，奚囊到处伴长途。半沙细草新诗料，雪地霜天旧画图。番汉流风谁考证，金元遗事久模糊。苍茫揽辔斜阳里，回首燕云望帝都。

忆　旧

往事忆从前，乘传瀚海边。荒城连大漠，古戍少烽烟。有雪乾坤肃，无山宇宙圆。貂裘驰骏马，我亦正英年。

中岁岁南游，津门快泛舟。风迴云水静，月出海天秋。骇浪惊涛险，蛮烟瘴雨愁。扬帆八千里，九日下炎州。

怀 古

莫唱阴山敕勒歌，抚今追昔意如何。东藩此日输诚久，北史当年窃据多。胡服渐更华气象，尧天永覆古山河。纷纷五姓今安在，到眼浮云一霎过。

宿石佛寺

薄暮投禅院，莓苔照眼青。山深僧自朴，寺古佛无灵。土偶异堪诧，寺有小殿，供一匹夫像，问之，曰施不全。木鱼清可听。饭余跂足卧，弦月上疏棂。

科尔沁道中吊忠勇亲王 王讳僧格淋沁，督师数年，殁于曹州之战

风云惨淡景苍凉，触目兴思意感伤。自古忠臣谁智士，中兴名将一藩王。时人争诩新军律，遗卒犹悲旧战场。若使临淮能共济，于今又见郭汾阳。

十年血战鬓霜侵，扰扰干戈寇已深。蓟北顿惊天柱折，曹南不意大星沉。捐躯岂作千秋想，报国常存一点心。怀德感恩诸部落，至今犹有泪沾襟。

七 台

野旷雁飞低，川平塞草齐。沙屯山远近，水绕路东西。人意忘鸡肋，诗心逐马蹄。平生劳役惯，壮志耻栖栖。

寄家信 九台

风尘莽莽劳行役，马上忽逢驿使来。雁帛有人传锦字，鱼书何日到金台。详题姓字休教误，但写平安转费猜。莫向胡天望明月，行人应逐早秋来。

十一台晓发

天地碧一色，无尘大漠圆。晨风催去马，豪气快征鞭。云脚青垂地，草稍青入天。扶桑何处是，遥望断霞边。

仿艳体作塞上曲

毡帐宵寒夏亦秋，琵琶难按小梁州。谁家二八如花女，发辫垂垂未上头。

桃花马上试新妆，一曲琵琶春恨长。日暮云深且归去，胭脂山下夜风凉。

月落平沙夜未深，重帘低推暮寒侵。娇颜微醉蒲桃酒，笑倚穹庐弄口琴。

香胶银篦挽盘龙，镜里铅华点未工。笑拈金钱珊瑚坠，问郎颜色果谁红。

翠幰金鞍紫骆驼，相邀女伴踏清莎。怜他四月芳菲浅，不印弓鞋印锦靴。

翠雀花 沿路道傍此花甚多

一种丰姿瘦不肥，停停宜着翠蓝衣。可怜憔悴关山道，尘染蛾眉对落晖。

旧府感赋 旧府，扎萨克王废邸

山环水抱野人居，道是前王旧舍庐。王妄佛，舍邸舍屋材为寺，遂成墟落。欲使祇园兴梵刹，遂教邸舍作丘墟。来生有福谁曾见，半世无儿国已虚。一难方平一难起，王无子，薨，族人争立，兴大狱，狱成，以格瓦占散为嗣，袭封。六年又死，族人复争之。不知佛意竟何如。

六载承恩列土荣，夭殇顿使庶民惊。人心未必忘雍陆，家难偏教启忿争。妄佛贻谋应有憾，为尼末路已成行。家难又作，妃不能堪，赴五台山祝发为尼去矣。那堪大狱凋伤后，又敛金钱媚主盟。三盟向设盟长一员。

副使贵君 印贵达布，黑龙江人，官三等侍卫浴于溪中，诗以嘲之

一湾流水碧粼粼，三尺清波漾绣巾。出浴太真真似玉，不知倚傍有何人。

朝鲜从事朱明庵道焕过访从事自述为晦庵夫子嫡派，素崇家学

海东名士紫阳孙，千里轺车入蓟门。林下高标今始见，洛宗大旨此犹存。照人秋水文章静，入座春风笑语温。蓬荜不嫌尘俗满，愿将鸿爪印泥痕。

题张友山兆栋中丞颐园图 颐园为中丞修以奉母者

赐额天恩重，名园奕世传。昭昭贤母德，终古耀林泉。
五亩高人宅，千秋孝子心。慈云何处驻，展卷泪沾襟。
颐养成虚愿，伤哉意不穷。人思全子孝，天教尽臣忠。
岭南瞻母寿，雁序拜高堂。此日怀遗范，吟诗爇瓣香。

送牟腹皤老人归里 老人名振甲，山左老儒

骊歌何事动离思，日暮金台判袂时。愧我难留千里别，逢君真恨十年迟。故园山水供吟啸，京国文章忆主持。立德立功期共勉，秋风莫待鬓如丝。

鲈脍忽兴故里思，分襟同是白头时。古今道义论交晚，南北舟车后会迟。海上风帆双桨去，天涯涕泪一杯持。离情欲倩垂杨系，空对河桥柳万丝。

初冬夜雪侵晨入值望禁中楼阁

三千世界玉无尘，万点冰花艳小春。夜雪生光初照眼，晓风有力

渐侵人。苍茫林木烟痕静，工细楼台粉画匀。按辔天街翘首望，五云深处是彤宸。

元夕入值与荣秀山上公毓小饮

爆竹声中夜色融，禁城风细落梅红。星河玉镜诗思里，火树银花想像中。快饮共图今日醉，高谈不让古人雄。秀山善谈，有焦遂风。天街莫谓春如海，暖透宫袍兴趣同。

兰阳道中代拟瞻天曲

闻得銮舆幸蓟东，邻家女伴走匆匆。瞻天侬亦相随去，岂把胭脂斗阿红。

梳妆草草未鸡鸣，村后村前逐队行。不见翠华翘首望，远山缺处段霞横。

翠盖朱轮次第来，宫车走动误轻雷。不知车上人何似，归路无言细细猜。

草细沙平御道宽，绿杨风急怯春寒。不知谁氏如花女，博得君王带笑看。

东　郊

寒食踏东郊，青骢路不遥。野花新翠甸，细柳旧红桥。乍暖晴犹薄，余寒午渐消。春声何处听，林外卖饧箫。

集赵文敏公天冠山诗字五截四十八首

云闲覆古木，月静照寒泉。小坐松亭下，真成自在天。

鱼龙爱深水，猿鹤居空山。如何古仙者，来去人世间。

木落千山静，秋老一天空。长风九万里，仙鹤飞云中。

树影落高台，清风拂拂来。仙翁何处去，老眼向花开。

我叹求名人，危险无时已。何如避世居，安坐深山里。

几人问落花，群鸟鸣高树。素月无古今，闲云自来去。
万木鸣萧萧，空山有风雨。神龙云雾中，甘霖作几许。
长天一色静，月上仙山秋。人间有烟雾，此境安可求。
云中仙者去，山空隐士居。姓名不可问，石壁一行书。
风露下长廊，拂石坐秋月。竹影何萧萧，此境真奇绝。
窈窕美人去，琪树有花开。云华集修竹，凤鸟何时来。
松老化龙蛇，飞空作雷雨。小立岩洞间，仙境清如此。
秋月上仙山，清光云水间。长风万里至，高人方自闲。
水木清华处，逍遥隐士居。深山人不到，高卧读奇书。
云垂四极静，天池万里长。神人何处识，终古气苍苍。
风拂古松烟，月绘修竹影。秋气此时清，上下同炯炯。
美人何窈窕，生长金屋里。步月向花间，清华谁与比。
月下古松静，风来秋草寒。仙翁调玉液，灵药化神丹。
石立作奇鬼，花开如美人。仙岩云雾里，两两宛如真。
炎云极苦热，人世无寒泉。松竹萧萧处，此中当有仙。
烟开月将至，风来鸟不鸣。清池照云树，秋色眼前生。
灵猿缘古木，岭上攀松华。落影下绝壁，石室绘龙蛇。
清哉老道士，风流非钓名。拂石看云卧，安闲终一生。
丹洞神仙府，云岩隐士居。不知清绝处，可有世间书。
树上群鸟鸣，树下落花飞。年华当四月，风光叹已非。
邻翁步月来，竹屋当秋静。要学饮中仙，花下同开瓮。
高岩上素月，深谷来清风。泠然松子落，老鹤下晴空。
凤鸟有奇羽，终不岩树栖。高翔上云雾，岂甘学醯鸡。
灵潭不可涉，水底有龙潜。岂比井中蛙，飞云上九天。
丹凤栖灵岩，一鸣群鸟静。竹深云自闲，空山化仙境。
岩上一松立，苍苍石洞前。龙蛇壁间影，落照在遥天。
九天云影垂，四方时雨足。翘首烟雾中，神龙在何处。
老树鸣寒风，长空有飞雪。素影起遥山，上照中天月。

避世有高人，静向松间卧。秋水读南华，不知甘露下。
岩前竹舞风，石上泉流月。玉露下长松，三者真清绝。
丹室静无人，松竹自萧萧。神仙花下立，明月照金翘。
至道三千字，奇文龙凤翔。仙书天府著，终古有神光。
寒鸡何处鸣，秋月云中落。道古有人行，神仙犹自卧。
名士有奇文，美人真国色。老隐深山中，终世无人识。
风月极清华，松老云深处。此乐谁其同，山花与岩树。
空山栖老鹤，一立三千年。岩间啄松实，羽中当已仙。
玉石起高台，上有群仙集。灵药饮甘泉，长生乐无极。
灵境何可求，空闻几万里。极乐与上方，徒作此言耳。
云台有名将，姓字已千秋。如何垂钓者，避世着羊裘。
高深不可识，老君其犹龙。至道三千字，奇文谁与同。
我自洞天来，遥向人间去。翘首列仙居，苍苍在何处。
莫说老翁痴，聋聋处世久。无知无识天，至道其中有。
我爱松雪翁，书成字字奇。龙蛇极飞舞，此乐几人知。

又五律四首

空山新雨后，石上有流泉。乐此逍遥境，真成自在仙。烟光云里树，玉色水中天。为爱清冷极，闲来作静缘。

古洞有风鸣，长天落照晴。遥遥苍鹤下，隐隐暮云生。秋老千山静，烟开万象清。道人向花坐，丹药此时成。

高岩有鸟道，蛇行一线通。云开露小月，松底来清风。壁峭翔丹凤，泉飞下玉龙。何方作仙乐，鸣鹤在遥空。

老翁避炎热，安步上高台。竹影山山静，松花树树开。石奇化神鬼，泉落起风雷。小憩栖真洞，灵猿月下来。

又七绝四首

仙君岩上雨初晴，万树烟光一色清。山鸟不飞山月起，道人高卧看云行。

萧萧风雨万松苍，百里云山鸟道长。世上不知有仙境，徒然翘首望清光。

山中隐士避人居，卧月看云足自娱。不问金丹与玉液，草亭危坐读奇书。

万里风来月在天，一时云影化飞烟。流光寒照清池里，水底天心两自然。

述怀再用除夕解组诗韵 戊子五月作

待漏金门又十年，闲官况味等游仙。自知身外无常物，谁信囊中不一钱。励志久停陶侃甓，承恩再着祖生鞭。臣以散佚得权都统篆，为近年所无之异数也。前程漠漠休相问，居易从来本自然。

春 雪

一夜春寒满凤城，卷帘无意见飞琼。随风重染梨花白，照水初疑柳絮轻。乱洒隋珠惊社燕，平铺何粉误流莺。瑶阶玉李休相笑，似笑春山快放晴。

冬 花

绮阁毡帘暖气匀，好将花事慰幽人。裁来隋苑新奇色，烘出唐宫富贵春。冷月似冰风似水，寒梅如玉雪如银。探香欲问真消息，仙子凌波洛浦滨。

北莲花池秋望

离离衰草渐萧森，驻马河干感不禁。千顷残芦起寒色，万丝疏柳荡秋阴。参差林木犹如昨，黯淡韶华又到今。日暮平原遥纵目，乱山云气自沉沉。

宿南惠济龙王庙 庙在桑干河堤卢沟桥侧

雄刹枕卢沟，城荒城转幽。水声清入梦，山色淡含秋。讲武人投笔，防河客运筹。奠安须有术，珍重令公谋。

卢沟桥演炮

凌晨策马渡桑干，虎帐旌旗簇晓寒。八队貔貅鸣画角，一声霹雳走金丸。当年可信摧锋利，此日谁云中的难。寄语从龙诸将校，莫将武备误偷安。

卢沟桥晚步见新月口占

奇景千秋妙自然，一眉残月晓横天。我来偏是初三夕，只见银钩钓暮烟。

元日中午太和殿侍宴恭纪 甲午

瑞霭祥风玉殿开，九天阊阖极崔巍。螭阶干羽千官肃，龙陛衣冠万国来。炉篆香迎红日正，箫韶声异紫云回。鸳班鹭序琼筵下，伫看名王进寿杯。

正月二十五慈宁宫侍宴恭纪

南极呈祥正早春，千官肃穆拜彤宸。霞凝御座瞻慈圣，云拥瑶阶集远人。两部风清仙乐合，九霄日丽舞衣新。呼嵩未效华封祝，先拜恩波到小臣。

黎明由朝日坛散值入朝阳门

按辔东风里，凌晨极目望。晓烟迷落月，曙色薄朝阳。云净天衢迴，沙平辇路长。宫袍微露湿，犹带御炉香。

附一　原跋

承示大著数百首，浓淡清奇，无美不备。忽而铜琵铁板，忽而雅管风琴，忽而大海鲸鱼，忽而兰苕翡翠。竭数日之力披吟之，又竭旬余之力玩索之，其慷慨激昂似杜，汪洋浩瀚似苏，其清新丽媚又似玉溪剑南，盖沉酣于此道者亦有年矣。昔宋王晋乡以朝廷戚里出为利州防御，身虽贵胄而服礼义。左图右史，工画能诗，一洗豪华之习，与东坡极相契合。今君所造如此，得不为艺林所引重乎！况年未四十，好古多闻，由此而日近之，以入唐人之室而追骚人之遗，不难矣。余本不善诗，而过承见爱，至以兄礼相待，故敢罄一得之愚，以妄指夫千虑之失，其所点窜果有当焉与否，不自知也。倘蒙恕其狂率，还以相示，幸甚甚。

同治癸酉十二月上浣愚兄何廷谦拜跋

附二　香港大华出版社 1977 年印行序跋

序一

曩者杨钟羲撰《雪桥诗话》，网罗八旗骚坛往事，极富备，谈清代文学掌故者，多于之取资焉。顾三百年来，旗籍人士工吟咏而名氏隐晦不彰者，则尚夥，恩华编《八旗艺文志》，即有杨氏所未见之书。抗日战前，邓之诚为燕京大学搜访八旗诗文集，闻颇得秘本珍籍云。

《洗俗斋诗稿》，清杭州将军果尔敏之遗著也，从未刊行，读稿知其人倜傥负才，工诗善书，而不轻以示人。杨钟羲、恩华均未获睹其集，邓之诚更无论矣。同光之际，历官广州汉军副都统、杭州将军、马兰峪总兵，宦迹所至，山川景色，民风物俗，悉形诸篇什，遭时多艰，感事之作，慷慨忧愤，情溢乎辞，使清之秉国钧者，诚能量材授职，人尽其用，奚至销磨其才智于词翰之间乎。展读遗著，掩卷太息者久之。

费君致濬出示斯稿，云果将军其外祖也，将以稿付梓，嘱为之序。

致濬昔与余同学于燕京，来香港后复时相过从，谊不可辞，爰不揣固陋，书所见如右。

一九七六年冬十二月，大寒后一日，牟润孙

序二

满洲八旗子弟，自崇德时皆习儒书。顺治八年，复令与汉人一体乡会试，濡染既深，人习篇章，宗潢之秀能以诗鸣者，类皆有集行世，其事肇于鄂貌图。流风所被，暨于末叶，文人艺士，且复兼工，几与汉人无异矣。杏岑果尔敏以贵胄警惠，博涉好文，屡出使塞外，发为篇翰，风骧鸟逝，陵雪犯沙，王元长谓诗史北流，非虚言已。同治八年，出任广州汉军副都统。光绪二年，授杭州将军，嗣官马兰峪总兵。行踪所至，流连山川。风土之思既深，雕藻之情弥涌。结纳名辈，酬唱益工。观何子贞于永州赠联有“万年老竹化为舆可，大地春水尽是天随”，以丹渊、笠泽相期许，其胸怀倜傥野逸，可具见也。杏岑诗曰《洗俗斋破愁集》，检《八旗艺文编目》，未见著录，向仅有家抄本。比者其外孙费君致濬将以授梓，用广其传。高君伯雨以稿本见示，幸快先睹。余读其《广州土俗竹枝词》九十首，视文昭《紫幢轩诗》中之《京师踏镫竹枝词》，有过之无不及，均足以备掌故，令人备忆往日升平。其菊部排律，梨园往事，赖以有征，更为戏剧史尤上资料，有不容忽视者。记同治之季，归安张应昌曾裒选清诗，可以道风俗、宣民隐者，辑为《诗铎》，网罗作者近千家，汉军广州驻防徐荣(铁孙)之什亦在焉。惜其书先成，于杏岑遂有遗珠之憾。然杏岑自署海珠狂吟客，其粤中诸作，述土宜，陈政教，衔春华而酌秋实，列之采风，与乐钧之《岭南乐府》、袁翼之《珠江乐府》，正堪比肩。异时之留心乡献者，必取资焉。高君欲予序其端，不辞固陋，略陈所见，以为读此诗者告。

丁巳清和饶宗颐

跋

《洗俗斋诗稿》，先外王父果公杏岑讳尔敏之遗著也。晚年以赵文敏书体手写数册，交子女留念。一九三二年秋，岁在壬申，先慈在京病笃，命余至榻前，出此稿云，舅姨诸家，后嗣凋零，诗稿早已佚散，此仅存抄本，汝其慎存之，以俟异日付梓，分贻朋好及各地图书馆，庶广流传，以垂久远。言犹在耳，忽忽四十五年，余亦垂垂老矣。致濬多年来于役南方，迭经离乱，抗日军兴，香港沦陷，家物荡然，唯此稿幸存，近日检出，追念慈命，抚卷潸然，乃倩友编校付之梓人。先外王父生于道光十四年，卒于光绪廿六年。初任清宫侍卫，屡奉命出使蒙古。同治八年己巳，出为广州汉军副都统，先慈即于其时生于穗垣。光绪二年丙子，授杭州将军。后任马兰峪总兵，因病乞开缺，回京摄养。庚子上书言事，不为孝钦后所纳，抑郁而终。盖光绪中叶以降，政局益坏，公宦海浮沉，知事无可为，深自韬晦，寄情于诗酒，集中率为游览题咏或与友人唱和之作，其为采风感时而咏者，及今读之，莫不与史事或乡献有关，则斯集之刊行也，自有史料参考价值，岂仅致濬有以慰先慈之私愿而已乎。此集印行，蒙高伯雨先生校订选编，牟润孙、饶宗颐两教授撰序，谨此致谢。

一九七七年岁在丁巳初夏费致濬谨跋

《豫敬日记》人名索引

凡例

一、本索引是《豫敬日记》(以下简称《日记》)正文中人物姓名或字号的索引。

二、本索引以姓名为查阅主体,每一姓名皆列为检索条目,姓名之后括注《日记》中出现的字、号、别名、习称、昵称、官称、简称及其他能够代表人物之称谓。

三、凡《日记》中未出现字号者,以人名为检索条目;凡《日记》中仅出现字号者,尽量检出姓名列入检索条目;凡《日记》中出现之称谓未能确知其为名、字、号,或暂未考知其名者,径列为检索条目。

四、索引后所列之数字为该人物在《日记》中出现之年、月、日(以公元纪年为标准),如:

赵桐珊(芙蓉草)1936.4.12,4.26

说明赵桐珊,艺名芙蓉草,出现在《日记》1936 年 4 月 12 日及 4 月 26 日。

A

B

C

D

E

F

G

H

J

M

N

P

Q

R

S

T

W

X

Y

Z

《中国近现代稀见史料丛刊》已出书目

第一辑

莫友芝日记
汪荣宝日记
翁曾翰日记
邓华熙日记
贺葆真日记
徐兆玮杂著七种
白雨斋诗话
俞樾函札辑证
清民两代金石书画史
扶桑十旬记(外三种)

第二辑

翁斌孙日记
张佩纶日记
吴兔床日记
赵元成日记(外一种)
1934—1935中缅边界调查日记
十八国游历日记
潘德舆家书与日记(外四种)
翁同爵家书系年考
张祥河奏折
爱日精庐文稿
沈信卿先生文集
联语粹编
近代珍稀集句诗文集

第三辑

孟宪彝日记
潘道根日记
蟫庐日记(外五种)
壬癸避难日志　辛卯年日记
嘉业堂藏书日记抄
吴大澂书信四种
赵尊岳集
贺培新集
珠泉草庐师友录　珠泉草庐文录
校辑民权素诗话廿一种

第四辑

江瀚日记
英轺日记两种
胡嗣瑗日记
王振声日记
黄秉义日记
粟奉之日记
王承传日记
唐烜日记
王锺霖日记(外一种)
翁同龢家书诠释
甲午日本汉诗选录
达亭老人遗稿

第五辑

袁昶日记
吉城日记
有泰日记
额勒和布日记
孟心史日记·吴慈培日记
孙毓汶日记信稿奏折（外一种）
高等考试锁闱日录
东游考察学校记
翁同书手札系年考
辜鸿铭信札辑证
郭则沄自订年谱
庚子事变史料四种（外一种）
《申报》所见晚清书院课题课案汇录
近现代"忆语"汇编

第六辑

江标日记
高心夔日记
何宗逊日记
黄尊三日记
周腾虎日记
沈锡庆日记
潘钟瑞日记
吴云函札辑释
新见近现代名贤尺牍五种
稀见淮安史料四种
杨懋建集
叶恭绰全集
孙凤云集
贺又新张度诗文集
王东培笔记二种